DREAMBOOKS

DREAMBOOKS★

수라전설 독룡

시니어 신무협 장편소설

ORIENTAL FANTASY STORY & ADVENTURE

dream
books
드림북스

수라전설 독룡 15 수라의 깃

초판 1쇄 인쇄 2020년 1월 17일
초판 1쇄 발행 2020년 2월 4일

지은이 시니어
발행인 오영배
편집 편집부
일러스트 eunae
본문 디자인 오정인
제작 조하늬

펴낸 곳 (주)삼양출판사 · 드림북스
주소 서울시 강북구 도봉로 173
대표 전화 02-980-2112 **팩스** 02-983-0660
편집부 전화 02-987-9393 **팩스** 02-980-2115
블로그 blog.naver.com/dreambookss
출판등록 1999년 3월 11일 제9-00046호

ISBN 979-11-283-9781-3 (04810) / 979-11-283-9448-5 (세트)

드림북스는 (주)삼양출판사의 판타지 · 무협 문학 브랜드입니다.

수라전설 독룡
15
수라의 깃
시니어 신무협 장편소설
ORIENTAL FANTASY STORY & ADVENTURE
dream books
드림북스

목 차

第一章
각자의 목적

진자강의 말을 들은 운정의 눈이 멍해졌다.

운정은 고개를 좌우로 크게 흔들더니, 진자강의 손에서 당청의 친서를 빼앗듯이 가져갔다.

"본 당가대원은 무의미한 희생을 미연에 막고자 모든 ……를 내려놓고 백기 투항한다. 이후 전적으로 소림사의 처분을 따를 것이며……."

운정은 자신이 직접 읽고 당청의 직인을 확인한 후에도 서찰의 내용을 믿지 못했다.

"뭐죠, 이게? 설마 사천 당가가 소림사가 무섭다고 항복하는 건가요? 너무 갑작스러운 것 아닌가요?"

진자강도 생각에 잠겼다.

전혀 뜻밖의 대응.

백기 투항이라는 건 진자강조차 생각하지 못했던 내용이었다.

운정이 머리를 감싸 쥐면서 끙끙거렸다.

"이걸 가지고 간다면 최소한 소림사 스님들에게 해코지당할 일은 없긴 할 것 같긴 한데 말예요. 대체 이걸 독룡 도우에게 군이 전달하라는 이유는 뭐죠?"

소가 뒷걸음질 치다가 쥐를 잡는다고, 운정의 중얼거림이 핵심을 짚었다. 이런 내용이라면 군이 진자강에게 맡길 필요가 없다. 그냥 당가의 특사가 소림사로 가도 됐을 일이다.

그런데 당청은 당하란과 진자강의 아이를 인질로 진자강이 친서를 소림사로 가지고 가 주길 바라고 있었다.

"아앗! 생각났다!"

운정이 갑자기 무릎을 딱 쳤다.

"당가에서는 독룡 도우가 전달에 실패하길 바라고 있는 거예요!"

"내가 말입니까?"

"네! 독룡 도우는 사방에 워낙 적이 많잖아요. 그럼 소림사로 가는 도중에 공격을 당해서 빼앗기고, 그러면 또 이번에도 서찰의 내용이 세상에 밝혀지는 거죠."

"그럼 당가에 이득이 있겠습니까?"

"당연히 있죠. 예를 들어, 사천 당가가 아무리 소림사의 적이라 하더라도요. 백기 투항을 하려고 한 사천 당가를 강호의 도리상 함부로 공격할 수 없을 거 아녜요. 만일 소림사가 공격하면 아무리 그래도 너무했다며 강호의 민심이 소림사를 떠나지 않을까요?"

운정은 자신이 생각해도 굉장히 잘했다는 듯 어깨를 으쓱했다.

진자강이 물었다.

"하지만 얼마 전 드러난 친서는 소림사를 적대시하고 힘을 합쳐 소림사와 싸우자는 내용이었습니다."

흠칫.

"어…… 그, 그러네요. 당가는 혹시 몰래 싸우려고 했다가 들통나니까 정말로 항복해 버린…… 걸까요? 아니, 당가가 항복해 버리면 연합해서 싸우자고 한 다른 문파들은 어떻게 되는 거죠?"

운정도 생각해 보니 이상한 모양이었다.

"아니 그럼 독룡 도우가 이 친서를 소림사로 무사히 가지고 가도 결과는 마찬가지 아니에요?"

"마찬가지일 겁니다."

"하면 실패한단 뜻이잖아요."

"그럴 겁니다."

운정은 이해할 수 없다는 듯 고개를 갸웃거리다가 조심스럽게 물었다.

"저기요, 독룡 도우. 이런 말 하긴 그렇지만 실패하면 하란 소저, 당가에 있는 부인께서는 어찌 되는 건가요? 어떻게 하겠다는 말은 없지만 이건 사실상의 협박이잖아요……."

"당가의 협박이자, 동시에 당가의 협박이 아닙니다."

"그게 뭐예요?"

"당가가 소림사의 표적이 되었으니, 소림사를 막지 못하면 당가에 있는 하란과 내 아이가 위험하게 될 거라는 뜻입니다."

"으악! 그렇군요. 당가가 소림사의 공격을 받게 되면 부인께서 위험해져요!"

진자강이 서찰을 접어 넣으며 말했다.

"범몽 대사는 정법 앞에서 모든 것이 무용하다 했습니다만, 굴복 의사를 가진 적까지 도륙한다면 강호의 민심이 크게 이반할 겁니다. 다만 그 문제를 소림사가 얼마나 신경 쓸지 모르겠군요."

"독룡 도우는 신경 써야죠. 도우의 문제니까."

진자강이 운정의 말투에 살짝 웃었다.

"그러는 독룡 도우는 어떻게 생각하시는데요?"

"나는 이 친서에 당가의 진심이 담겨 있지 않다고 생각합니다."

"항복인데요? 항복이 가짜라구요?"

"항복뿐 아니라 다른 문파에 연합을 제의한 것도 마찬가지입니다. 독문이 이번 여름에 도모하려는 일이 상상하기 힘들 정도로 큰 것 같습니다. 소림사든 다른 문파든 안중에 두지 않을 정도로 말입니다."

"아니, 아무리 그래도요. 항복을 가짜로 하는 사람이 어디 있어요. 만약 소림사가 항복을 받아들이면 어떡해요. 그럼 나중에 당가에서 항복 안 할래! 할 수도 없는 일이잖아요."

"항복을 받아들이면 여름까지 시간을 버는 겁니다."

"항복을 받아들이지 않으면요?"

"소림사가 항복을 무조건 거부할 수 없는 이유가 있습니다. 만일 소림사에 항복하는 게 소용없다는 걸 알게 되면 다른 문파들은 더 이상 소림사의 눈치를 보지 않게 될 겁니다. 앉아서 죽느니 차라리 당가에 힘을 보태겠다는 쪽으로 움직일 수 있습니다."

"우워어어……."

운정은 감탄했다. 겨우 서찰 한 장일 뿐인데, 그것이 소림사라는 호랑이를 꼼짝 못 하게 옭아매는 올가미의 역할을 하고 있었다.

"그럼 왜 처음엔 싸우겠다고 했던 거죠?"

"싸우자는 것이든 항복이든 목적은 소림사를 혼란시키는 겁니다."

"하기야 우리는 독문이 여름에 움직일 거라는 걸 알고 있어서 이렇게 생각하는 거지만, 소림사의 입장에서는 싸우자고 했다가 갑자기 항복하겠다고 하는 말을 믿을 수도 없고…… 그렇다고 항복을 받기도 안 받기도 애매하고 막 그렇겠네요."

운정은 이제 서찰의 의미를 확실히 이해했다.

"제가 완전히 반대로 생각했어요. 그럼 독룡 도우에게 이 친서를 맡긴 것은 반드시 전하라는 뜻이 더 강했던 거군요. 그래야 일석이조가 완성되겠어요."

"그렇다고 봅니다."

운정은 그래서 더욱 진자강의 결정이 궁금해졌다.

"그럼 독룡 도우는 이 서찰을 어떻게 하실 건가요?"

당하란이 말한 여름까지는 한 달이 남았다.

당가에서는 그 시간을 벌기 위해서 이런 대범한 수작을 부리고 있었다.

진자강은 말없이 차를 몇 번이나 우려내며 깊은 생각에 잠겼다.

운정은 조마조마하게 진자강을 쳐다보았으나 이내 방해하지 않고 조용히 도경을 읊으며 기다려 주었다.

현재까지 벌어지고 있는 일들의 근원지는 당가였다.

만일 당가를 직접 공격해서 해결할 수 있다면 그것이 가장 빠르리라.

그러나 당가는 거대한 마을이며 동시에 하나의 요새다. 운남의 독문과는 차원이 다른 문제다.

진자강 혼자서는 어떻게 해도 승산이 없었다. 안에서 밖으로 나오는 건 몰라도 밖에서 안으로 치고 들어가는 건 굉장한 부담이 있을 터였다.

더욱이 진자강은 이제 단순한 복수를 넘어서서 미래를 꿈꾸는 입장이었다.

꼬인 매듭을 단숨에 잘라 버린다고 해서 미래가 절로 보장되는 게 아니다. 복잡하고 힘들어도 하나하나 풀어 가야 그 끄트머리에 제대로 도달할 수 있었다.

역설적으로, 그러지 않고선 진정한 평온은 찾아오지 않는다는 것이 진자강의 선택을 어렵게 하는 요인 중 하나였다.

어떤 선택을 해야 가장 최선의 결과를 찾아낼 수 있을까…….

거의 한 식경이 지날 때 즈음, 마침내 진자강은 결정을 내렸다.

상념에서 깨어난 진자강의 표정을 본 운정이 반색했다.

"결정하셨군요!"

진자강이 고개를 끄덕였다.

"설마…… 소림사로 가실 생각은……."

"가지 않습니다. 일단은. 이곳에서 한동안 버텨 볼 생각입니다."

"네?"

운정은 이건 또 무슨 얘긴가 싶어서 당황했다.

움직이지 않는다고 진자강에게 어떤 이득이 있는가?

"독룡 도우. 도우가 말한 올여름까지는 얼마 남지 않았어요. 그런데 여기서 버티겠다구요?"

"급한 건 저뿐만이 아닙니다. 당가 역시 이번 일로 시간을 끌고 싶어 하고, 또 소림사는 반대로 빨리 일을 해결하고 싶어 합니다. 내가 움직일 필요가 없습니다."

운정은 진자강의 배짱에 두 손 두 발을 다 들었다.

언뜻 최소 한 달을 버텨야 하는 당가가 유리해 보일 수 있었다. 하지만 진자강이 가지 않으면 소림사의 절복종은 지금 하고 있는 것처럼 정법행을 계속할 것이다. 그건 또 당가가 원하는 바가 아니었다.

결국 급한 놈이 먼저 움직이게 될 것이다!

마치 절벽을 앞에 두고 눈을 가린 채 걸어가는 것과 같았다.

절벽에서 떨어질까 봐 겁이 나서 먼저 멈추면 지는 것이다.

이 경우 먼저 움직이는 쪽은 어떤 식으로든 손해를 볼 터였다. 먼저 움직였다는 것은 그만큼 초조하다는 뜻이니, 상대로서는 그것을 역이용하는 것도 가능하게 될 테고 말이다.

진자강이 말했다.

"내가 이곳에서 움직이지 않고 있으면 이번 일에 참견하고 싶어 하는 온갖 자들이 나타날 겁니다. 그래서 지금부터는 굉장히 위험합니다. 운정 도사는 이제 돌아가야 할 것 같습니다."

"하지만……."

"운정 두사가 돌아가서 복천 도장께 전해 주어야 할 일이 있습니다."

"네. 뭔지 알 것 같아요. 독룡 도우가 여기 있다는 걸 소문내 달란 거죠?"

"맞습니다. 이번엔 한 번에 알았군요."

"독룡 도우는 늘 위험 속에 몸을 던지니까요. 그럴 거라고 생각했어요."

운정이 씁쓸하게 웃으면서 말했다.

"당가는 분명히 후회하고 있을 거예요. 독룡 도우를 특사로 해서 친서 전달을 맡긴 걸 말이죠."

진자강도 미소를 지었다.

"조심하세요, 독룡 도우."

"알겠습니다. 그동안 고생했습니다. 조심히 돌아가십시오."

"이번 여름……."

운정이 말을 하다가 말끝을 흐렸다.

"아무 일도 일어나지 않으면 좋겠네요."

진자강도 고개를 끄덕였다.

"나도 내 예상이 틀렸기를 바랄 뿐입니다."

*　　　*　　　*

운정은 복천 도장에게로 돌아갔다.

그리고 얼마 지나지 않아 강호에 진자강에 대한 소문이 돌았다.

진자강이 당청의 친서를 들고 소림사로 간다는 소문이었다.

그러나 진자강은 하남성 여남에 들어와 있으면서도 딱히 행동하지 않았다.

소림사까지는 최단 거리로 육백 리.

며칠이면 충분히 도달할 거리인데도 진자강은 좀처럼 여남의 객잔에서 나서질 않고 있었던 것이다.

이미 한 번 친서의 내용이 밝혀진 적이 있던 터라, 강호의 시선이 진자강에게 몰렸다. 진자강이 가진 친서의 내용이 어떤 것인지, 그리고 소림사가 어떻게 반응할지 의문스러울 수밖에 없었다.

항간에는 당가가 소림사에 선전 포고를 했다는 설이 가장 유력하게 떠돌고 있었다. 독룡이 소림사에 가기를 꺼리고 있다는 것이 이유다. 그러지 않고서야 독룡이 소림사에 가지 않고 있는 이유를 설명하기 어려웠다.

물론 아예 움직이지 않고 있는 이런 진자강의 돌발적인 행동은 당가와 소림사, 둘 모두에 매우 불편하고도 불쾌한 일이 될 수밖에 없었다.

겨우 서찰 한 장에, 진자강 한 명에 전 강호의 이목이 집중되었다.

*　　　*　　　*

당청은 이번에도 좋아했다.

"호락호락하게 넘어가지 않을 줄 알았지."

당청은 수도 없이 쌓인 죽간에 파묻혀 일을 보다가 손을 놓고 잠시 생각했다.

진자강이 언제까지 눌러앉아 있을지는 모르겠으나, 사실 엉덩이를 붙이고 버틸 거라는 예상도 하긴 했었다.

다만 그건 당청이 예상한 중에 가장 최악의 선택이었다. 현상금이 걸린 자가 스스로 목숨을 내놓고 '나 여기 있소.' 하는 꼴이다.

덕분에 하남성 여남은 진자강에겐 강호에서 가장 위험한 사지(死地)가 되어 버렸다. 곧 진자강이 감당하기 힘든 일들이 벌어지게 될 것이다.

이 사지로 들여보내 진자강을 도울 사람이 필요하다.

"흠."

지금 쓸 수 있는 패는 많지 않았다.

환락천과 매광공부, 그리고 상당한 전력을 잃었지만 아직 총수가 건재한 나살돈.

이 중에 무리 없이 일을 성사시키고자 한다면 사용할 수 있는 패는 한 곳뿐이다.

아깝지만 최악의 경우 버릴 수 있다는 걸 감안해도 선택의 여지가 없었다.

"환락천."

당청은 죽간에 바로 붓으로 명령을 휘갈겨 쓴 후, 앞에 기다리고 있는 서생에게 던졌다. 그러곤 바로 업무로 돌아갔다.

당청은 너무 바빴다.

이미 백리중으로부터 손을 잡겠다는 전갈까지 받은 후였다.

낭중령의 근거지가 통째로 날아간 것을 빼면 그의 계획은 순조롭게 진행되고 있었다.

*   *   *

망료는 진자강이 소림사로 가지 않고 여남에서 눌러앉았다는 소식을 듣고 굉장히 흡족해했다.

"여전히 허를 찌르는 데는 일가견이 있는 녀석이야. 염왕이고 소림사고 곤란해할 꼴이 눈에 훤하군."

망료는 낄낄대고 웃었다.

당청이 보낸 친서의 내용은 망료도 모른다. 애초에 특사로 진자강을 고른 건 조용히 일을 성사시킬 생각이 없었다는 뜻이다. 남들의 눈에 띄어 주길 바란다고밖에 볼 수 없다.

그런데 진자강은 당청의 기대에 한술 더 떠서 아예 소문을 내며 눌러앉았다.

이제 당가의 친서 내용을 궁금해할 자들과, 소림사에 붙을지 당가에 붙을지 고민하고 있는 박쥐 같은 자들이 진자강에게 들러붙게 될 것이다.

물론 당가에서 아무리 수작을 부려도 소림사에 통하지 않을 가능성은 매우 크다.

그러나 소림사는 안 통해도 그것을 지켜보는 문파들의 입장은 다르다.

소림사가 당가를 어떻게 대하느냐에 따라서 그들이 거취를 결정하는 데 큰 영향을 미치게 된다.

"아아, 직접 보고 싶은데 아직은 때가 아니란 말이지."

망료는 상상만 해도 기대가 되어 미칠 지경이었다.

"괜히 심술이나 부려 볼까나? 그래, 그렇고말고. 내가 이대로 가만히 있을 수야 없지!"

사실 소림사가 정법행으로 강호의 반을 초토화시키든 말든 망료는 알 바 아니다. 딱히 관심도 없다.

이 모든 것은 진자강을 위해서다. 진자강이 더 높이 올라서 더 지킬 것이 많아져서, 그래서 더 깊게 추락하도록 만들고 싶을 뿐이다.

"이것은 내 약소한 선물이다. 일종의 양념이라고 할까. 어디 구린 똥 한 바가지 맛 좀 보시지."

껄껄껄!

망료는 아비앵화단을 여남으로 보내기로 했다.

*   *   *

여남의 작은 마을 외곽.

허름한 객잔에 알 수 없는 기묘한 분위기가 흘렀다.

머물고 있던 일반 손님들이 하나둘 떠나더니 곧 점소이들도 짐을 싸서 떠났다. 그러더니 마침내는 주인마저 떠났다.

진자강은 객잔의 이름이 붙은 현판을 내렸다. 그러곤 적당한 천에 새 객잔의 이름을 써넣은 후 대나무에 걸어 객잔 외벽에 꽂아 놓았다.

이후에 기껏 찾아왔던 여행객들도 객잔의 이름을 보고는 그대로 돌아갔다.

진자강이 객잔의 현판을 간 뒤 객잔 안으로 첫 손님이 들어온 건 이틀만이었다.

여행객은 객잔으로 들어와 쓰고 있던 죽립을 벗었다. 삼십 대 초반 정도로 보이는 이였는데, 묘한 분위기를 풍기고 있었다.

진자강조차 얼굴만 보고는 손님이 남자인지 여인인지 알 수가 없었던 것이다. 생김이 단아하긴 하였으나 선이 아주 가늘지도 않았고, 두껍지도 않았다.

치장은 하나도 하지 않았고 상투를 틀어 올렸으며 이마에는 건을 둘렀다. 단정한 백색 무복을 입고 허리에는 수수한 장식의 가죽으로 만든 검까지 찼다.

하지만 복장이나 몸을 보아도 여전히 남녀 분간이 되지 않았다.

더욱이 가장 희한하게 느껴지는 건 눈빛이었다. 눈빛에서 언뜻언뜻 형언하기 어려운 색기가 비치곤 했다.

그것은 진자강이 이루 표현하기 어려운 관능적인 느낌이었다.

진자강이 안쪽에서 손님을 쳐다보고 있기만 하자, 손님이 살짝 인상을 쓰며 말했다.

"이곳은 손님 대접이 시원찮군. 장사를 할 생각이 아예 없는가?"

목소리를 들으니 그제야 알 수 있었다.

여인이었다.

진자강이 그제야 나와 인사했다.

"어서 오십시오."

묘한 분위기를 풍기는 여인이 살짝 코웃음을 쳤다.

"송종객잔(送終客棧)이라니. 주인장의 취향이 꽤나 독특하군그래. 원래는 이런 이름이 아니었던 것 같은데."

송종은 장례를 치른다는 뜻이다. 당연히 객잔 이름으로는 어울리지 않았다. 일반 손님들이 오려다 말고 돌아간 것도 당연한 일이었다.

"객잔의 이름이 바뀐 데에는 이유가 있겠지요."

"그렇군. 제 신세를 아주 잘 알고 있어."

여인의 도발적인 말을 진자강은 부인했다.

"내 얘기는 아닙니다만."

여인이 살짝 책망하는 듯한 투로 말했다.

"스스로 호랑이 아가리에 머리를 집어넣고 있으면서 자신이 죽지 않는다고 하면 누가 죽는단 말인가?"

"나는 사실 구경꾼이고, 호구(虎口)에 머리를 넣는 게 누구인지 지금부터 구경하려는 참입니다."

"흥. 듣던 대로 생김새는 곱상한데 혓바닥은 바늘보다 날카롭고 입은 청산유수일세."

여인이 말했다.

"나는 독문에서 홍화선자(紅花仙子)라고 불리는 사람일

세. 본명을 쓴 지는 오래되었으나 육하선이 나의 이름이
지."

진자강의 눈빛이 이채를 발했다.

홍화선자 육하선!

환락천을 이끌고 있는 환락천의 수장이다.

"언젠가 보게 될 줄은 알았으나 직접 올 줄은 몰랐습니
다."

"소림사가 눈에 불을 켜고 있는 하남에 아이들을 보내는
건 죽으라는 것과 다름이 없지. 또 굳이 염왕은 내가 가길
바라더군……."

육하선이 웃었다.

"아무래도 염왕은 내가 죽길 바라고 있는 것 같네."

"……!"

진자강은 육하선의 말에 잠시 대구를 하지 않고 육하선
을 쳐다보았다.

진자강은 나살돈과 빈의관의 수장을 죽였다. 당연히 육
하선이 싸우러 왔다고 생각했다.

한데 육하선의 태도는 그게 아닌 것처럼 보인다. 묘하게
도 빗나가 있다.

육하선은 몇 안 되는 탁자에 가서 자리를 잡고 앉았다.
검집을 풀어 탁자 한쪽에 올려놓고 주문했다.

"먼 길을 왔더니 시장하군. 요기를 해야겠으니 잘하는 거 있으면 가져와 보게."

"잘하는 걸로 드시겠습니까, 아니면 먹을 수 있는 걸로 드시겠습니까."

진자강의 말에 육하선이 빤히 진자강을 보더니 갑자기 웃음을 터뜨렸다.

"하하하!"

적이냐, 아군이냐.

비유에 가깝지만 그래서 오히려 더 직설적으로 묻는 것처럼 느껴지는 진자강의 어법이다.

"내가 소협의 엉덩이를 걷어차는 날이 있으면 그땐 잘하는 걸로 가져오게. 하지만 그전까지는 먹을 수 있는 걸로만 부탁하네."

육하선의 말투가 바뀌었다.

적어도 당장은 적이 아니다.

진자강은 금세 소면 한 그릇을 만들어 왔다. 닭 육수에 나물을 넣어 끓인 평범한 음식이었다.

진자강이 소면을 내어놓으며 말했다.

"내게 객잔 이름이 독특하다 놀리더니 선자의 문파 이름과 복장도 어울리지 않기는 마찬가지 아닙니까."

육하선이 코웃음을 쳤다.

"여인의 내밀한 매력은 남녀 간의 은밀한 자리에서만 드러나야 하는 법일세. 어찌 장소와 때도 가리지 않고 산단 말인가?"

"그렇군요. 미처 생각지 못했습니다. 어쨌든 드십시오. 제대로 된 요리는 처음 해 보지만 그럭저럭 드실 만할 겁니다."

육하선은 신중히 국물을 맛보았다. 그릇이 달그락거리며 흔들리는 걸로 보아 부지불식간에 내공을 끌어 올린 듯했다.

"호오? 제법 간이 잘 맞는군그래."

요리를 잘하는 능력은 없지만 미세한 독초의 맛 차이를 구별해 내는 혀를 가지고 있는 진자강이다. 음식의 간도 꽤 잘 맞추어 낼 수 있었다.

육하선은 국물까지 모두 마시고 한 그릇을 뚝딱 해치웠다.

"잘 먹었네."

진자강이 그릇을 치우는 동안 여인이 뒤에서 물었다.

"왜 염왕이 시키는 대로 소림사로 가지 않고 이곳에서 객잔의 주인 노릇을 하고 있는가?"

"밥값을 하라기에 생각해 보니 밥을 안치고 뜸도 들이지 않은 것 같더군요. 하여 뜸부터 들이는 중입니다."

"그건 염왕이 바라는 바가 아닐세."

"남에게 이용당하는 건 싫어하는 성격이라서 말입니다."

"덕분에 내가 예까지 와야 했다네."

"내가 기다렸던 건 독문은 아니었습니다만, 왜 나를 찾아왔는지 궁금합니다."

"세 가지의 이유로 왔네!"

육하선이 손가락을 펼쳐서 하나씩 접으며 말했다.

"첫 번째는 염왕의 독촉 때문에 소협을 재촉하러 왔고, 두 번째는 친서가 소림사에 무사히 도착할 때까지 다른 자들로부터 소협을 보호하기 위해 왔으며……."

"나를 보호하러 올 정도로 이번 사안이 중하단 뜻입니까?"

육하선은 그 말엔 대답 없이 세 번째 손가락을 접었다.

"셋째는 독룡이 어떤 사내인가 보고 싶어서네."

"그게 무슨 뜻입니까."

"염왕이 후계자 중의 하나로 꼽을 만한 인재인가, 직접 눈으로 확인하고자 하였네."

당하란이 낭가의 핏줄을 잉태헀디. 띠라서 진자강 여시 당가와는 아주 관계없다고는 할 수 없게 되었다.

하지만 당청의 후계자는 전혀 진자강의 관심 밖이었다.

무엇보다 독문은, 독문의 수장 가문인 당가는 진자강의

원수가 아닌가!

"확인하고 나면 어쩔 생각입니까?"

"밀어줄 수도 있지. 때에 따라선."

진자강은 잘라 말했다.

"나는 별로 관심 없습니다."

"독문에는 수많은 후계자가 있네. 삼천 명의 직속 문도와 오십 개의 예하 방파를 가진 환락천의 지지를 얻는다는 건 굉장한 힘이지."

진자강은 육하선의 앞에 와 앉았다.

진자강은 양손을 내리고 육하선을 똑바로 쳐다보며 천천히 말했다.

"잊었나 본데, 독문은 나의 원수입니다. 당신들 역시 마찬가지입니다."

서늘한 살기가 주위를 뒤덮었다.

육하선은 잠시 말을 쉬었다가 끄덕이며 이었다.

"수천 명이 넘는 우리 식솔들을 모두 죽여야 직성이 풀리겠다면, 그리하게. 하지만 세상사 영원한 적도, 영원한 우군도 없는 법일세. 때에 따라선 그대가 우리 식솔들을 좀 더 옳은 방향으로 이끄는 방법도 생각해 볼 수 있지 않겠는가."

진자강은 재차 육하선의 말을 잘랐다.

"그럴 만한 이유도, 여유도 없습니다."

육하선이 말했다.

"올여름."

그 말에 진자강은 귀가 번쩍 뜨였다. 그렇잖아도 물으려던 얘기였다.

"우리는 염왕의 계획에 따라 몇 년 전부터 홍수 후에 퍼질 역병을 대비해 약초를 구입해 왔네."

"온역을 의도적으로 퍼뜨릴 작정입니까?"

"모르겠군. 그게 가능한 것인지. 다만 이번 여름의 온역은 강호 역사상 최악의 역병이 될 걸세. 내가 알고 있는 건 거기까지네. 염왕은 아직 보따리를 다 풀지 않았어. 결정적인 순간이 될 때까지 꽁꽁 끌어안고 있을 걸세."

"별로 도움이 되지 않는 대답이군요."

핑그르르.

탁자 밑으로 내린 진자강의 손가락 사이에는 어느새 천지발패의 수법으로 뽑아낸 독침들이 잡혀 있었다.

육하선은 탁자 밑에서 독침이 나온 건 보지 못했으나 향을 맡았다.

"무수한 꽃향기……. 이것이 수라혈이로군."

육하선은 대범하게도 눈을 감고 수라혈의 꽃향기를 음미하더니 되물었다.

"생각해 보게. 우리가 그 계획에 중요하게 쓰일 거였다면 나살돈의 천귀와 빈의관의 영현사를 그렇게 보내지 않았겠지. 그리고 이번 일에 내가 직접 움직이기를 원하지도 않았을 게야. 결국 염왕이 갖고 싶은 건 독문 육벌의 조직이지 각 문파의 수장들이 아니란 뜻일세."

"그게 나와 무슨 상관이 있는지 모르겠습니다만."

"수장이 없는 조직을 원하고 있다는 의미는 하나뿐일세. 후계자에게 독문 육벌을 통째로 양도할 준비를 하고 있다는 것."

진자강의 눈이 가늘어졌다. 육하선이 진자강을 후계자로 생각하고 있는 것도 무리가 아니었다.

"그러니까 염왕의 계획을 알고 싶다면, 직접 염왕의 자리에 앉아 염왕의 보따리를 펼쳐 보는 건 어떠한가? 그러면 그대가 원하는 모든 걸 알게 될 걸세."

"자리는 생각 없지만 보따리는 욕심이 나는군요."

"보따리는 자리에 딸려 있는 걸세. 억지로 얻으려 하면 여러 사람의 목이 달아나지."

진자강이, 그리고 육하선의 고개가 연이어 돌아갔다. 육하선은 적이 놀랐다. 진자강이 자신보다도 더 빨리 기척을 알아챈 것이다.

객잔으로 또다시 손님이 들어오고 있었다.

이번엔 둘이었다.

스승과 제자로 보이는, 나이가 많은 여고수와 젊은 소저였다.

특히나 젊은 소저는 놀랄 정도로 뛰어난 미모를 가지고 있었다. 말 한마디 건네기 어려울 정도로 싸늘한 표정인 것이 흠이었으나, 그럼에도 불구하고 눈이 번쩍 뜨일 만큼의 미모였다.

허리가 꼿꼿한 여고수가 말했다.

"지나가다가 맛있는 냄새가 나서 들어왔는데, 실례는 되지 않았나?"

여고수와 육하선의 눈이 마주쳤다.

멈칫.

적막이 감돈다 싶더니 분위기가 싸해졌다.

폭풍 같은 살기가 객잔에 휘몰아쳤다.

여고수의 몸이 흐릿해졌다. 순간 육하선은 번개처럼 일어나서 뒤로 물러났다.

카앙!

언제 뽑았는지 육하선은 검을 앞으로 내민 채였는데, 검이 가늘게 떨리고 있었다.

짜르르르.

그에 비해 여고수는 벌써 자신이 서 있던 자리로 돌아간 후였다. 손에 젓가락이 들려 있는 것으로 보아 탁자에 있던 젓가락으로 육하선을 공격했던 모양이었다.

육하선을 노려보는 여고수의 눈빛은 보통이 아니었다.

"홍등가에나 있어 실력이 줄었을 줄 알았더니 많이 늘었구나."

육하선이 여고수의 말에 웃으며 대꾸하려 하자 여고수의 몸이 다시 흐릿해졌다.

캉! 카캉!

허공에서 연신 불꽃이 튀었다.

육하선이 급히 검을 휘두르며 몸을 팽그르르 돌려서 한 걸음을 물러났다. 뜨거운 물을 부은 것처럼 검에서 김이 피어올랐다. 이번에도 역시 여고수는 자신의 자리로 돌아간 채였다.

육하선은 검면을 발바닥 안쪽으로 탁탁 쳐서 김을 죽였다.

"물어봤으면 대답할 시간은 주어야 하지 않습니까, 검후."

검후!

남해검문의 검후 임이언이다.

강서와 광동을 가로지르는 대유령산맥의 이남을 남해라 부르는데 검후 임이언은 바로 그 남해의 제일 고수다.

진자강이 임이언과 그 뒤에 선 묘령의 소저를 쳐다보았다. 싸늘한 느낌을 풀풀 풍기는 표정의 소저는 검후의 제자인 빙봉 손비임에 틀림없었다.

"본인을 보았으면 인사를 해야지. 어디 건방진 얼굴을 하느냐."

그때 진자강이 끼어들었다.

"그 젓가락 가게에서 쓰는 겁니다. 내놓으십시오."

임이언은 진자강을 째려보았다가 수긍하였는지 젓가락을 내려놓으려 했다.

그때 이번엔 육하선이 번개처럼 쇄도하여 임이언을 공격하였다. 임이언은 젓가락을 놓지 못하고 육하선의 검을 막았다.

임이언은 체면이 구겨져 얼굴이 붉어졌다.

"감히⋯⋯."

진자강이 그럴 줄 알았다는 듯 뭔가를 둘 사이에 던졌다.

팍!

불그스름한 색의 가루가 터지면서 퍼졌다.

다른 사람도 아닌 독룡이 던진 가루다. 아무리 검후라 하더라도 경시할 수 없었다.

임이언과 육하선은 동시에 소매로 입을 가리고 뒤로 물러났다. 빙봉 손비도 두어 걸음을 물러섰다.

임이언이 소리쳤다.

"무슨 짓인가!"

진자강이 담담하게 되물었다.

"노부인이야말로 남의 가게에서 왜 난동을 피우는 겁니까?"

임이언의 눈썹이 일그러졌다. 방금 검후라고 한 말을 들었으면서 노부인이라 부른다는 건, 자신을 모르거나 알면서 무시한 것이다.

어느 쪽이든 기분이 나쁜 일이었다.

"노부인? 지금 노부인이라고 하였는가?"

그 순간 손비가 웃음을 터뜨렸다.

"푸웃!"

임이언이 손비를 노려보았다. 손비가 고개를 돌렸다.

임이언은 인상을 쓰고 진자강에게 물었다.

"그래. 틀린 말은 아니지. 한데 여기가 자네 객잔인가?"

"아닙니다."

임이언의 눈이 움찔했다.

"그런데?"

"제가 잠깐 빌렸습니다. 그러니까 지금은 제가 주인입니다."

"이곳은 주인이 손님에게 독을 뿌……."

손비가 무릎을 꿇고 가루를 살짝 찍어서 맛보았다. 그러더니 이상한 표정으로 진자강을 쳐다보았다.

진자강이 말했다.

"수수 가루입니다. 간을 안 해서 싱거울 겁니다만."

손비의 표정이 이상해졌다. 웃음을 억지로 참는 표정이었다. 주먹을 꽉 쥐고 참느라 손까지 떨렸다. 하나 곧 인상을 쓰고 웃음기 없는 얼굴로 되돌아왔다.

진자강은 그 광경을 빤히 보고 있었으므로 의아한 생각이 들었다.

"어쨌든 식사를 하려면 아무 데나 앉으십시오. 차림은 소면 한 가지밖에 없습니다."

"흥!"

임이언은 젓가락을 비어 있는 탁자 한가운데에 꽂았다.

푸욱! 젓가락의 앞부분이 박히면서 젓가락이 세로로 섰다.

그러더니 긴 장포 자락을 크게 한 번 펄럭이곤 구석의 탁자로 가 앉았다.

하나 육하선을 향한 시선은 떼지 않았다. 육하선이 '성깔머리하곤.' 하며 중얼거린 때문이었다.

진자강이 상관없다는 듯 주방으로 가 버리자, 임이언이 불쾌한 얼굴을 한 채 육하선에게 물었다.

"독룡이 소림사로 가는 길에 동행하느냐? 왜 독룡은 소림사로 가다 말고 객잔의 주인 노릇을 하는 거지?"

"검후가 이번 일에 관심이 있을 줄 몰랐습니다."

"관심이 많지. 내 제자와 혼담이 오가던 상대를 죽였으니까."

"그런 것치고는 기분이 썩 나빠 보이지 않습니다."

"애초에 마음에 들지 않은 놈이었다고 하면 대답이 될까."

"그럼 독룡은 마음에 듭니까?"

임이언은 대꾸할 가치도 없다는 듯 그냥 고개를 돌려 버렸다.

"이곳이 소림사의 영역임을 감안하여 지금은 그냥 두지만, 내 일을 조금이라도 방해한다면 가만두지 않겠다."

"그야 두고 봐야 알겠습니다. 저도 놀러 온 것은 아니라서."

임이언은 인상을 쓰고 육하선은 웃으면서 서로를 보았다.

말없이 어색한 분위기가 계속되는 가운데, 얼마 지나지 않아 진자강이 소면 세 그릇을 말아 왔다.

"사람은 둘인데 왜 세 그릇인가?"

"사람은 둘인데 의자가 세 개인 자리에 앉으셨으니, 한 명이 더 올 것 같아서 그랬습니다."

임이언과 손비의 눈에 이채가 어렸다.

"지나치게 눈치가 빠른 친구로군."

진자강의 말대로였다.

얼마 지나지 않아 객잔에는 진자강이 아는 얼굴이 찾아왔다.

바로 안씨 의가의 안령이었다.

안령은 양팔에 모두 붕대를 친친 감고 있었는데, 객잔 안으로 들어왔다가 불그스름한 가루가 흩어져 있는 걸 보고흠칫 놀랐다.

진자강이 말했다.

"들어오십시오. 수수 가루입니다."

안령은 진자강을 보고 고개를 살짝 끄덕였다.

"금세 또 보게 되었네."

안령은 육하선을 힐끗 보더니 임이언과 손비에게 인사를하고 합석했다. 임이언과 손비가 기다리던 사람이 바로 안령이었던 것이다.

육하선이 손뼉을 쳤다.

"아하, 이제 알겠군. 안씨 의가는 남해검문과 친분이 있지. 직접 독룡에게 볼일이 있어서가 아니라 안씨 의가를 돕기 위해서였구려?"

"그 입 닥치거라!"

"어차피 다 드러날 일. 굳이 숨기실 이유가 없지 않을까?"

육하선이 안령에게 말을 던졌다.

"안 그런가, 소봉?"

안령이 육하선을 돌아보았다.

"귀하는?"

대답은 임이언이 했다. 손비는 놀라울 정도로 말이 없었다.

"환락천주 홍화선자다."

홍화(紅花)는 여인들이 입술에 바르거나 뺨에 찍는 연지의 재료가 되는 꽃이다. 홍화선자라는 별호에 이미 육하선의 정체성이 드러나 있는 셈이다.

"나는 안령이라고 해요. 천주의 말씀처럼 어차피 다 드러날 일이니 그냥 지금 이 자리에서 말하죠."

안령이 진자강에게 말했다.

"당가에서 소림사에 보낸 서찰의 내용을 알고 싶어 왔어. 알려 줄 수 있을까?"

진자강은 잠시 생각하는 듯 대답을 저어했다.

"글쎄요."

"우리는 이미 당신에게 손을 내밀고 있었어. 득이 됐으면 되었지 손해 볼 일은 없을 거야."

"손을 내밀었지만 그게 마지막 제안이라고 협박한 것은 기억납니다."

안령이 볼을 부풀리고 입술을 뾰루퉁하게 내밀었다.

"사람이 협상을 하다 보면 좀 그럴 수도 있지!"

안령도 워낙 외모가 뛰어난 편이라 투정을 부리는 듯한 모습이 귀여워 보였다.

하지만 진자강은 표정 하나 변하지 않았다.

안령이 소리는 내지 않고 입 모양으로만 투덜거렸다.

진자강이 물었다.

"서찰의 내용을 알고 나면 어떻게 할 생각입니까?"

안령이 대답했다.

"사실 서찰의 내용은 크게 상관없어. 소림사는 독문을 칠 생각이고 독문은 소림사를 막을 생각이겠지. 나는, 우리 안씨 의가는 그 서찰이 소림사에 전달되지 않기를 바라. 그러면 소림사는 예정대로 정법행을 진행할 거야."

결국 독문을 앞에 두고 독문이 사라지길 바란다는 얘기를 한 것이다. 육하선은 이미 짐작했다는 듯 가볍게 미소를 시어 보였다.

참으로 묘한 얘기였다.

안씨 의가는 과거에 독문에 협력하여 낭중령의를 독문 육벌에 올렸다. 그러나 실제로는 독문의 행동에 반감을 가져 기회가 오자 독문을 치려고 마음을 먹고 있던 것이다.

그러니 소림사의 정법행을 막으려는 독문을 방해해야 하는 입장이었다. 낭중령의에 대한 피의 대가로 소림사의 금강승과 나한승을 죽였음에도, 최악의 경우에는 소림사와 손을 잡아야 할 것이었다.

그렇다면 검후가 안령을 지키기 위해 나선 것도 이해가 되는 부분이었다. 검후 정도의 고수가 나서지 않으면 안령이 소림사로부터 목숨을 부지하기 어려울 수도 있었다.

하나, 당연히 소림사의 진출을 막아야 하는 독문 육벌, 환락천주 육하선으로서는 이를 두고 볼 수 없는 일이다.

"안됐지만 네 생각대로 그렇겐 안 되겠구나."

육하선의 말에 안령이 붕대를 감은 손으로 포권하며 말했다.

"선배께는 외람되지만 서찰이 전해지지 않도록 막는 것이 제 임무라서요."

"서찰을 소림사에 도착하도록 하는 것은 내 임무란다."

육하선과 안령의 눈이 마주쳤다. 둘 다 싱글거리며 웃고 있었지만 물러설 생각은 전혀 없었다.

이에 검후 임이언이 옆에서 헛기침을 했다.

"흠. 이 소면은 꽤 맛이 있군."

괜히 무례하게 남의 대화에 끼어든 게 아니다. 안령의 제

안을 받아들이지 않으면 자신이 개입할 수도 있다고 은연중에 존재감을 드러낸 것이다.

그런데 여기에서 끝이 아니었다.

한 사람이 더 객잔의 입구에 모습을 드러냈다.

진자강이 예상했던 대로 일이 돌아가고 있었다.

진자강이 눌러앉을 때부터 주변에는 상당한 감시의 시선이 있었다. 관련자들이 하나둘 들어오기 시작했으니 기다리고 있던 다른 이들도 계속해서 들어오는 것이다.

"실례하리다."

중장년의 매서운 눈빛을 가진 검수가 객잔에 들어섰다.

모두의 눈길이 검수에게 쏠렸다.

임이언이 검수를 알아보았다.

"남궁가의 재이검객(災異劍客)!"

"오랜만에 뵙소이다, 검후."

재이검객 남궁걸은 남궁가의 절대 고수 검왕의 동생으로, 그 무공이 형인 검왕에는 다소 못 미치나 그래도 검의 재앙으로 불릴 정도의 고강한 실력을 가진 고수다.

남궁걸이 객잔 안을 둘러보더니 탄성을 냈다.

"허어. 쟁쟁한 여걸들이 모두 모이셨구려."

그러고 보니 이미 들어와 있는 넷이 모두 여인이었다.

남궁걸은 가운데에 젓가락이 꽂힌 탁자 쪽으로 갔다.

남궁걸이 탁자의 앞에서 검의 손잡이를 쓱 앞으로 내밀었다.

순간 그의 손이 빠르게 움직였다.

싹 싹!

박혀 있던 젓가락의 아랫단이 깔끔하게 탁자의 면에 맞추어 잘리고, 수직으로 한 번 더 잘리어 두 쪽이 되었다. 남궁걸은 한 쌍이 된 젓가락을 앞으로 두고 아무렇지 않은 듯 앉았다.

자신의 실력으로 인사를 대신한 셈이었다.

진자강이 곧 소면을 내왔다.

임이언이 남궁걸에게 물었다.

"맹주는 좀 어떠신가?"

"두문불출하여 못 뵌 지가 좀 되었소이다."

"강호를 돌봐야 할 맹주가 두문불출이라니. 강호의 안위를 너무 등한시한 것이 아닌지 충언을 올려 보시게."

"꼭 그리 전하도록 하겠소이다."

"하면 재이검객은 여기에 어쩐 일이신가?"

"재미난 일이 있다기에 놀러 왔소이다."

남궁가는 장강검문에 남은 문파이며 해월 진인의 편이다. 검후 임이언이 그것을 모를 리 없었다.

"단도직입적으로 묻지. 장강검문은 어느 쪽인가?"

"이런, 나 없는 새에 얘기가 많이 오간 모양입니다. 놓치지 않으려 서둘렀건만."

"한 번 더 묻겠네."

남궁걸이 손을 저었다.

"아니, 그러실 필요 없소. 검후께서 두 번이나 같은 말을 하시게 할 수는 없지."

남궁걸이 웃으면서 말했다.

"나는 서찰에는 관심이 없소이다."

임이언의 눈이 가늘어졌다.

"그럼 독룡 때문이던가? 중경에서 장강검문이 독룡과 접촉한다는 소문이 있었는데 소문이 사실이었던 모양이군."

"소문은 모르겠고 하여간 나는 그러하외다. 양해를 부탁드리겠소."

남궁걸이 일어나서 포권을 하자 임이언도 일어났다. 하지만 손을 들어 손바닥을 보여서 포권을 받지 않았다.

"양해하지 마시게. 나는 안씨 의가를 도우러 왔으니, 그를 방해한다면 누구도 용납하지 않을 것이네."

"방해할 생각은 없으나 상황에 따라서는 검후께 한 수 청할 수밖에 없겠구려."

"남궁가의 검을 견식한 지 오래되었네. 언제든 받아들이지."

"감사하외다."

이곳에 있는 이들은 모두가 정파인들이다. 환락천의 육하선도 일단은 독문이 무림총연맹에 가입되어 있으니 정파인이라 할 수 있었다.

그래서인지 겉으로 보이는 분위기는 자못 화기애애해 보였다.

진자강이 그간 정파 무인들과 싸우며 느꼈던 것과는 사뭇 다른 느낌이다. 그것은 아마도 진자강이 정파인이 아니라 사파인으로 취급받은 때문일 터였다.

당연한 일이지만 정파라는 테두리 안에 들어서 있지 않으면 배척되는 것이다.

진자강은 설명하기 어려운 기분을 느끼며 재이검객 남궁걸을 보았다.

아마도 그는 장강검문에 뜻을 같이하기로 한 진자강을 곁에서 도우러 온 것으로 보였다. 배후에 있는 자들까지 노린 해월 진인의 한 수다.

하나 그것이 묘수가 될지 악수가 될지는 아직 알 수 없는 일이었다.

소림사에 친서를 전하도록 해야 하는 것은 육하선.

진자강을 막으려는 건 안령.

거기에 안령을 건드리면 검후가 개입하고, 검후가 개입하며 일이 커지면 남궁걸이 끼어들게 된다.

그러나 사실 안령은 백리중과 독문의 반대편이고 장강검문에 속하는 남궁걸 역시 백리중과는 대척 지점에 있다.

궁극적으로는 같은 목적을 가지고 있는데 이 자리에서는 적이 될 수도 있는, 기묘한 관계였다.

안령이 말했다.

"독룡. 이 정도면 손님은 충분하지 않아? 슬슬 결정하는 게 어떨까."

객잔 안의 이들이 진자강을 쳐다보았다.

진자강이 답했다.

"아직 부족한 것 같습니다만."

"너무 욕심이 많은 거 아냐? 여기가 하남인 걸 잊은 건 아니겠지. 소림사의 앞마당이야."

하기야 정법행을 나서기 시작한 소림사의 앞마당에 들어오려면 스스로의 몸은 건사할 수 있는 정도여야 한다. 임이언이나 남궁걸쯤이나 되니 혼자서 하남까지 올 수 있는 것이다.

그 외에는 간이 배 밖으로 나오지 않고서야 하남까지 오기 어려울 터였다. 소림사의 칼끝이 어디를 향할지, 소림사가 어떤 문파를 죽이고 살릴지 밝혀지지 않은 상황에서 섣

불리 소림사를 자극할 수 없었다.

진자강이 대답했다.

"아직 부족합니다. 적어도 한 명은 더 있어야 할 것 같습니다."

안령은 똑똑하다. 진자강의 말을 금세 알아들었다.

"그쪽이 오기를 바라고 있는 거야?"

아직 무림총연맹, 혹은 정의회를 대표하는 인물이 오지 않았다.

이번 일은 당가의 친서로 야기되었으나 당가의 문제가 아니다. 강호 전체와 관련된 일이었다. 무림총연맹과 정의회야말로 핵심 중의 핵심이다.

그들의 선택에 따라 앞으로의 강호 양상이 달라진다.

"당신은 그쪽의 얘기를 듣고 싶었군? 그럼 그때 비밀의 궤짝을 열 건가?"

"그렇습니다."

"기다리는 게 언제 올 줄 알고 기다리지?"

"어느 쪽이든, 먼저 오겠지요."

진자강은 객잔 안의 무인들에게 인사했다.

"이 층의 객실은 모두 비어 있습니다. 편히 쉬십시오."

졸지에 손님들이 된 무인들이 실소를 지었다. 원하는 이가 올 때까지는 꿈쩍도 않을 생각임이 분명했다.

안령이 중얼거렸다.

"어느 쪽이든 먼저 온다라…… 소림사가 될까, 아니면 그쪽이 될까 모르겠네요."

검후 임이언이 먼저 일어섰다.

"어차피 독룡을 힘으로 다그칠 수는 없는 일이니, 좀 쉬지. 다들 급하게 왔을 게 아닌가."

남궁걸도 일어섰다.

"주인장, 이 객잔 저녁은 주나?"

"원하면 드립니다."

"좋군."

남궁걸이 일어서자 미묘한 대립 관계 속에서 한 명 두 명씩 자리에서 일어나 객실로 향했다.

육하선도 한마디를 남겼다.

"너무 오래 기다릴 수는 없다는 걸 잊지 말게. 나는 그대를 보호하기 위해 왔고 협력할 생각도 있지만, 본 문의 식솔들이 우선인지라 염왕의 청을 거스를 수 없으니."

*　　*　　*

진자강은 정말로 객잔 주인처럼 저녁 준비를 하고 객잔 안을 청소했다.

겉으로 보면 아무 일도 없는 한가한 객잔의 주인 같았다.

소봉 안령과 빙봉 손비가 이 층에서 내려왔다.

"차나 한잔하려고 하는데 괜찮지?"

진자강이 객잔 안을 쓸며 대답했다.

"편하실 대로."

안령과 손비가 창가 쪽에 앉았다.

"차는?"

진자강이 객잔 한쪽을 가리켰다. 찻주전자와 찻잔들이 놓여 있었다.

"점원이 그런 것도 안 해 줘?"

"돈 냈습니까?"

"내면 되지. 밥은 주면서 왜 차는 안 줘."

"점심을 제공한 건 제 성의입니다."

저녁밥은 공짜가 아니라는 뜻이다.

"진짜 불친절한 객잔이네."

안령이 투덜거리는 동안 손비가 일어나 찻주전자와 찻잔을 들고 왔다.

손비가 찻주전자를 양손으로 잡았다.

후욱!

얼마 지나지 않아 주전자 뚜껑이 달그락거리며 김이 피어올랐다.

생각보다 손비의 내공 화후도 굉장히 깊다.

안령이 진자강을 초청했다.

"젊은 사람들끼리 친분을 다져 보는 건 어때?"

진자강이 잠시 생각하다가 빗자루를 두고 자리에 합석했다.

손비가 차를 우려내 세 개의 찻잔에 차를 따랐다.

안령이 슬쩍 진자강과 손비를 번갈아 보며 말했다.

"빙봉 예쁘지?"

진자강은 무덤덤하게 손비를 쳐다보았다.

"그런 것 같습니다."

안령이 피식 웃었다.

"솔직하지 못하긴. 이제껏 만난 남자들 중에 빙봉을 보고 반하지 않은 사람은 본 적이 없어."

"그래서 살아남을 수 있다면 생각해 보겠습니다."

손비가 진자강의 말을 이해하지 못한 듯 고개를 옆으로 갸웃거렸다.

안령이 설명했다.

"독룡은 모든 게 살아남는 걸로 귀결되는 남자야. 그래서 저런 오만한 태도를 유지하고 있지만, 실제로 이제껏 살아남기도 했고."

손비가 다소 감탄의 표정으로 진자강을 쳐다보았다.

안령이 진자강에게 말했다.

"하지만 사람이 살아남는 것만 생각하면 삶이 빡빡해진다고. 목숨을 부지하는 것만이 삶의 목적이 아니잖아."

"살아서 해야 할 일이 있기 때문입니다."

"그럼 표현을 바꿔야지. 살아남기 위해서가 아니라 해야 할 일이 있기 때문이라고."

진자강은 고개를 끄덕였다.

"하고 싶은 말은 그게 다입니까?"

"목적이 있어서 부른 게 아냐. 어차피 백리중 쪽에서 사람이 올 때까지 당신은 아무것도 하지 않을 거잖아. 그러니까 얘기나 좀 하자고."

"술은 없습니다."

안령이 씨이 하고 화내는 표정을 지었다.

"사람을 뭘로 보는 거야. 내가 호굴에 와서도 술을 마실 정도로 정신 나간 사람처럼 보여?"

"대화원에서 그런 일을 벌여 놓고 소림사의 영역에 뻔뻔하게 와 있는 사람이 할 얘깁니까?"

"아, 그건 그러네. 하지만, 이래 봬도 생각보다 여린 여자라고, 나. 이를테면, 앞에 앉은 남자가 굉장히 멋지다고 생각하지만 좋다는 말도 못 할 정도로."

손비가 놀란 눈으로 안령을 쳐다보았다.

갑작스러운 고백이 아닐 수 없었다.

하지만 진자강은 여전히 무덤덤하다. 빤히 안령을 쳐다보다가 아무렇지 않게 답했다.

"그렇습니까?"

그 순간 손비가 차를 마시다 사레에 걸렸다.

"콜록콜록!"

안령은 크게 충격받은 표정으로 말했다.

"너무하는 거 아냐? 조금이라도 정상적인 반응을 보여 달라고! 하다못해 진짜냐 아니냐 정도는 물어봐 줘."

"부인 있습니다."

"푸웃!"

손비는 또 웃다가 사레가 걸려서 소매로 입을 막고 기침을 했다.

진자강의 칼 같은 태도에 오히려 안령이 당황했다. 안령은 두 손 두 발 다 들고 포기했다는 몸짓을 해 보였다.

"하아, 뭐 이런 남자가 다 있지. 너무하네. 나, 소봉에게 좌절감을 느끼게 하다니."

안령이 자신의 머리를 들어서 손비에게 목을 드러내 보였다. 하얀 목에는 한 줄기 혈선의 흔적이 남아 있었다.

"비야, 여기 보이지. 이거 독룡이 그런 거다? 나 하마터면 너도 못 보고 죽을 뻔했어."

손비가 안령의 손등을 토닥였다.

운정이 있었다면 너스레라도 떨면서 대꾸를 해 주었겠으나, 진자강은 아니었다. 분위기가 어색해지건 말건 그냥 대꾸 없이 가만히 있음으로써 더 분위기를 불안하게 만들었다.

"날 미워하는 건 알겠는데, 너무 내치지 마. 앞으론 절대로 당신을 시험한다거나 하지 않을 테니까."

"상관없습니다. 내 적이 아니라면 그걸로 족합니다."

"아냐. 그런 게 아냐. 사람 사는 세상에 적과 아군만 있으면 너무 삭막하잖아."

"부인도 있습니다."

"야!"

"푸읍!"

안령의 외침과 손비의 사레가 동시에 일어났다.

"콜록콜록! 콜록콜록!"

손비는 진자강과 눈이 마주치자 애써 냉정한 표정을 지으려 하였으나, 자꾸만 기침이 나서 그게 잘 되지 않았다.

그러고 보니 아까부터 손비가 좀 이상했다. 말을 한 마디도 하지 않는다. 안령과는 꽤 친분이 있어 보였는데 자꾸만 안절부절못하는 것 같기도 하고, 무리하게 침묵을 지키고 있는 듯 보이기도 했다.

안령이 진자강의 눈치를 알아챘다.

"왜? 이제 우리 손비에게 관심이 생겨?"

"흠."

진자강은 하고 싶은 말이 있었으나 말을 삼켰다.

안령이 뭐라고 말을 하려 하자, 손비가 안령의 손을 잡고 고개를 저었다.

안령이 말했다.

"괜찮아."

손비가 더 고개를 크게 저었다. 그러면서 붕대로 친친 감긴 안령의 팔뚝을 꽉 쥐었다.

"으아악! 알았어, 알았어!"

안령이 기겁하며 입을 다물었다.

진자강은 문득 궁금해졌다. 하여 손비에게 물었다.

"왜 금강천검은 묵룡을 당신과 혼인시키려 하였습니까?"

대답은 안령이 했다.

"그게 갑자기 왜 궁금해?"

아까 검후 임이언이 했던 말 때문에 생각난 얘기였다.

"제갈가의 영봉은 묵룡을 원했습니다. 그리고 묵룡 역시. 두 사람은 매우 친밀한 관계였습니다."

진자강은 남가촌에서 만난 묵룡 백리권의 모습을 기억했

다. 제갈연을 얼마나 마음에 두고 있었는지, 백리권은 스스로를 자해하면서까지 진자강에게 복수하려 하였다.

그런데 막상 백리중은 제갈연을 거부하고 검후의 제자인 빙봉을 원했다. 하여 제갈연은 백리중의 인정을 받기 위해 시키는 대로 진자강을 찾아올 수밖에 없었고, 그로 인해 비극이 시작되었던 것이다.

"대답해 주면, 저녁은?"

"닭고기 볶음입니다."

"좋아. 거래 완료."

안령이 말했다.

"대협객 금강천검은 권력욕이 강하시지. 묵룡이 손비와 혼인하게 된다면 남해검문과 검후의 힘을 등에 업을 수 있어. 남해검문은 남해의 패자니까. 강호의 남부를 장악할 수 있게 되는 거지."

"정작 검후께선 마음에 들지 않는다고 했습니다만."

"마음에 들지 않는다고 해도 쉽게 거부하기는 어려운 입장이셨지. 얼마 전까지만 해도 백리중은 해월 진인의 복심이자 무림총연맹에서 가장 잘나가는 차기 맹주감이었으니까."

"검후조차 백리중의 눈치를 보아야 했다는 뜻입니까?"

안령의 표정이 진지해졌다.

"말했잖아. 모두가 느끼고 있다고. 무슨 일인가가 벌어지려 한다는 걸."

진자강은 안령의 말을 듣고 생각하다가 손비에게 물었다.

"소저는 어떻습니까. 내가 묵룡을 죽여 소저의 원수가 되었다고 생각합니까?"

손비가 흠칫 놀라더니, 이내 진자강을 빤히 쳐다보았다.

第二章

생사부(生死簿)

손비는 말없이 한참이나 진자강을 보았다.

그러나 눈빛에 살의가 없었다.

손비가 고개를 저어 진자강의 물음에 답했다.

원수가 아니라는 뜻의 표현인 듯했다.

이상한 일이 아닐 수 없었다. 손비는 처음 객잔에 들어온 순간부터 지금까지 아까부터 한 마디도 하지 않았다.

안령이 끼어들었다.

"그리고 백리중이 남해검문과 손을 잡으면 얻을 수 있는 한 가지 이점이 더 있어. 바로 우리 안씨 의가와 연을 맺을 수 있다는 것. 원래 우리 안씨 의가는 어느 정도 강호에서

거리를 두고 있어. 하지만 검후를 통해서 연이 닿으면 금강
천검은 우리와 간접적으로 관계가 있게 되는 셈이야."

"금강천검에게 그렇게까지 안씨 의가에 목을 매야 할 이
유가 있다는 말로 들리는군요."

"우리 안씨는 아주 오래전부터 지방 관직인 함태의리(銜
太醫吏), 중앙의 상약국(尙藥局)과 태의서(太醫署), 그리고
위로는 황태자를 모시는 약장국(藥藏局)까지 두루 맡아 왔
어. 무림보다는 관에 뿌리가 있고 그쪽에 인맥이 많지."

"그렇다는 건……."

"백리중이 무림에서 최악의 상황에 몰리면 우리 안씨 의
가를 통해 관부로 도피할 자리까지도 만들려 했다는 뜻이
야. 물론 우리가 자신을 노리는 걸 아니까 손비를 통해 저
지할 수 있는 관계를 만들려는 생각도 있었을 테고."

백리중.

여러모로 대단한 인물이었다. 그가 십 년 전 지독문의 사
건을 통해 정적을 밀어내고, 이제는 해월 진인을 배척하며
정의회를 통해 무림총연맹을 장악해 가고 있는 것도 무리
가 아니었다.

"어쨌든 삼룡사봉이라고 부르는 건 남의 말 하기 좋아하
는 사람들이 그러는 거야. 실제로 우리는 그리 친한 편이
아냐. 손비와 나는 개인적으로 친하지만."

"그 얘기는 지난번에도 했습니다. 그럼 이제 나는 부엌을 정리하고 장을 보러 가야겠습니다."

진자강이 자리에서 일어서자 안령과 손비가 섭섭한 표정을 지었다.

"같이 갈까?"

"아뇨. 됐습니다."

"와…… 나 완전히 미움 샀구나."

"일단은, 같이 나가면 귀찮아질까 봐 그렇습니다."

안령이 눈을 동그랗게 떴다.

"어? 그건 내가 이쁘다는 뜻이지? 이쁘니까 같이 나가면 귀찮아진다는 뜻이지?"

진자강은 한 마디로 잘랐다.

"됐습니다."

안령이 진지하게 다시 물었다.

"독이라도 섞을까 봐 감시하러 간다고 생각해 주면 안 될까?"

진자강은 안령을 잠깐 쳐다보다가 고개를 돌렸다. 안령은 또 충격받은 표정을 지었다.

"잠깐! 그 눈빛은 뭐지? 아깐 소면을 남김없이 비웠으면서, 라고 생각한 건 아니지?"

"그렇게 생각한 거 맞습니다."

"풋!"

손비가 또 웃음을 터뜨리면서 안령의 손을 잡고 고개를 좌우로 흔들었다.

"쳇, 비싸게 굴긴. 두고 봐."

진자강은 안령을 무시하고 부엌으로 갔다. 그러다 힐끗 둘을 돌아보니 둘은 찻잔의 찻물로 탁자에 글을 쓰며 서로 뭔가의 얘기를 말없이 주고받는 중이었다.

가끔 안령이 까르륵거리면서 웃고 손비도 희미하게나마 웃는 표정을 짓는 걸로 보아 크게 진지한 얘기를 하는 것 같지는 않았다.

＊　　　＊　　　＊

진자강은 저녁 재료를 사러 가면서 마을의 분위기를 살펴보았다.

아침까지만 해도 마을 사람들과 어울리지 않는 여러 감시의 눈들이 있었는데, 지금은 그 눈들이 일거에 사라져 버렸다.

심지어 시장의 근처에서 청성파의 암호를 발견하기도 했다.

철수한다는 뜻의 암호였다.

'소림사가 벌써 근처에 와 있는 건가.'

감시자들이 소림사의 눈치를 보다가 모두 자리를 피한 듯했다.

진자강은 좀 더 시장을 둘러보다가 식재료를 사서 객잔으로 돌아왔다.

저녁은 예정했던 대로 닭고기 볶음이었다.

닭의 살점을 발라내 야채와 볶아 내고, 뼈는 육수를 끓여 소면의 국물로 준비했다.

요리를 끝내고 나오니 객잔 안에는 벌써 냄새를 맡은 무인들이 전부 나와 자리에 앉아 있었다.

요리에 익숙하지 않기 때문에 생각보다 만드는 시간이 늦은 때문이었다.

진자강은 요리가 담긴 그릇을 안령과 손비의 앞에만 두었다.

다른 사람들이 진자강을 이상한 눈으로 쳐다보았다. 특히나 검후 임이언은 자신이 아니라 정확하게 손비의 앞에 민 그릇을 놓이시 디 묘한 표정이었다.

요리에서 냄새가 퍼지니 아무리 무인들이라도 참기가 어려웠다.

재이검객 남궁걸이 탄식하며 말했다.

"허어! 어째서 음식을 내오다가 마는가? 어여쁜 처자들에게만 음식을 내주고 이 노인네에게는 밥 한 톨 내어 주지 않는 것인가?"

진자강이 말했다.

"지금부터는 공짜가 아닙니다."

"돈이라면 응당 내야지. 그 정도 철면피는 아닐세."

환락천주 육하선은 눈치 빠르게도 돌아가는 상황에 대해 파악했다.

"돈이 아니라 다른 것을 원하나? 소봉과 빙봉에게만 음식을 준 걸 보니 벌써 그쪽과는 뭔가가 오간 모양이고."

임이언이 자신의 제자인 손비를 째려보았다. 손비는 무표정하게 임이언의 시선을 받아넘겼으나 불편한 느낌이 드러나고 있었다.

육하선이 재밌다는 얼굴로 말했다.

"원하는 게 있는 모양인데 어디 말해 보게."

남궁걸도 한쪽 입술을 올려 웃었다.

"재미있군. 독룡이 어떤 대가를 원하는가."

진자강에게 뭇 무인들의 시선이 모였다.

진자강이 말했다.

"나는 강호에 나온 지 얼마 되지 않아 강호에 대해 무지합니다. 이 자리에는 연배가 높은 분들이 계시니 한 말씀

청하고자 합니다. 본인들께서 이 강호를 어떻게 생각하시는지 말씀해 주시면 고맙겠습니다."

"흠?"

별로 대단한 요구는 아니었다. 그 정도야 술이라도 한잔 들어가면 아무렇지 않게 할 수 있는 얘기다.

그러나 상황이 문제였다.

서로 간의 관계가 묘하게 얽혀 있는 상황에서 함부로 말을 내뱉기가 애매했다. 곤란해질 수 있는 여지가 있었다.

"잘못하면 덤터기를 쓰게 생겼군."

남궁걸이 웃으며 말했다. 그 앞에는 '도우러 왔다가' 라는 말이 생략되어 있을 터였다. 하나 순수하게 진자강을 도우러 온 것만도 아니니 진자강은 개의치 않았다.

"이 자리에는 가장 연장자인 검후가 계시지만 나는 배가 고파 참을 수가 없구려. 무례를 무릅쓰고 내가 먼저 한마디 하겠소."

남궁걸이 진자강을 보며 입을 열었다.

"이 강호는…… 어렸을 때부터 내가 가장 동경하던 곳이네 우리 남궁가가 살아가는 터전이었네. 가끔 흙탕물이 튀기도 하고 거름 밭이 될 때도 있고, 때로는 치열한 싸움이 벌어지기도 하지. 그러나 그 강호가 어떤 모습이든 나에게는 영원한 고향일세."

진자강이 포권했다.

"말씀 감사합니다."

사람들의 눈이 임이언을 향했다. 임이언은 표정을 굳히고 아무 말도 하지 않았다.

때문에 육하선이 먼저 나섰다.

"이 강호에서 사라져 가는 것이 하나 있네. 사람마다 모두 그것을 다르게 느끼겠지. 하나 나는 이것이 가장 절실하다 생각하고 있네."

"뭔지 알려 주시겠습니까?"

"말로 하기는 쑥스럽군."

육하선은 검을 뽑아 들었다. 그러더니 그 자리에서 일어나 한쪽 벽을 향해 휘둘렀다.

차라락! 차라라락!

순식간에 검기가 뿜어져 현란하게 벽을 수놓았다.

벽에는 사람 크기만 한 한 자의 글자가 새겨졌다.

정(情)

"아비와 자식 간의 정. 친구 사이의 정. 사부와 제자 간의 정……. 나는 사람 간의 정이 가장 부족하다 보네."

진자강은 고개를 끄덕이며 육하선에게도 포권했다.

"감사합니다."

육하선이 납검하고 자리에 앉았다.

남궁걸이 임이언에게 말을 건넸다.

"검후께서도 후배에게 한 말씀 해 주시오."

임이언의 표정은 매우 매서웠다. 마치 이 상황에 대해 화가 난 듯 보였다.

임이언은 자리에서 일어나지도 않고 찻잔을 들었다. 그러더니 방금 육하선이 글자를 새긴 벽에 찻잔의 찻물을 뿌렸다.

쫘악!

놀랍게도 찻물은 날카로운 검처럼 쏟아져서 벽을 가로로 긋고 지나갔다.

육하선이 쓴 정(情)이라는 글자가 가로로 이분(二分)되었다.

글자의 윗부분은 멀쩡한데 잘린 아랫부분에는 찻물이 흘러서 마치 울고 있는 듯한 모습이 되었다.

"흥."

임이언은 일어나더니 불쾌한 표정으로 이 층으로 올라가 버렸다.

남궁걸이 벽을 보고 수염을 쓰다듬으며 말했다.

"정(情)이 잘렸으니(斷), 단정(斷情)인가……. 검후다운 대답이로군."

육하선이 실소를 지으며 임이언의 뒷모습을 바라보다가 진자강을 불렀다.

"이봐, 객잔주. 이 정도면 답이 되었겠지. 배고프니 어서 음식을 내어 주게."

진자강은 곧 음식을 내왔다. 무인들은 곧 식사를 시작했다.

손비만 음식을 먹지 못하고 어두운 표정이 되었다.

손비가 진자강을 바라보다가 음식이 담긴 자신의 접시를 들고 이 층 객실로 올라갔다.

"그러지 않는 게 좋을 것 같은데."

약간의 빈정거림이 담긴 육하선의 말에 손비가 육하선을 노려보았다. 정말로 빙봉의 느낌이 담긴 눈빛이었다. 육하선은 씩 웃으면서 고개를 돌렸다.

그러나 얼마 지나지 않아 위쪽에서 와장창하며 그릇 깨지는 소리가 났다.

육하선이 웃었다.

"그것 봐. 그러지 않는 게 좋을 것 같다고 했지."

하지만 다른 이들은 아무도 웃지 않았다.

밤이 되었다.

희한할 정도로 평온하고 고요했다.

고작 하루가 지났을 뿐이다. 지금은 다들 참고 있지만 내일은 어떻게 될지 알 수 없다.

각자의 목적이 있어 찾아왔으니 인내심에도 한계가 있으리라.

그때는 이 객잔이 온통 피로 물들 수도 있었다.

진자강은 부엌을 정리하고 나왔다.

불 하나만 켜 놓은 어두운 객잔 안에 손비가 나와 홀로 차를 마시며 앉아 있었다.

진자강은 잠시 손비를 보고 있다가 저녁에 남은 음식을 손비의 앞에 가져다 놓았다. 손비는 진자강을 올려다보곤 고개를 저었다.

"드십시오. 사부는 몰라도 소저는 굶을 필요가 없지 않습니까."

손비는 가만히 음식을 내려다보다 섬섬옥수를 들어 찻잔에 손가락을 담갔다가 글씨를 썼다.

감사(感謝)하다는 글자와 미안(未安)하다는 글자.

손비는 곧 자리에서 일어나 조용히 이 층으로 올라갔다.

진자강이 어쩔 수 없이 음식을 다시 가져가는데, 이번엔 안령이 밖에서 들어왔다.

어디를 다녀왔는지 뺨이 발그스레하고 술 냄새가 풍겼다.

"비가 안 먹었으면 나 줘. 맛있더라."

"술 안 먹는다고 하지 않았습니까."

"나한테 관심도 없으면서."

"관심이 있어야 됩니까?"

"됐어."

안령은 앉아서 음식을 입에 욱여넣듯 먹었다.

그러다가 갑자기 깊은 한숨을 내쉬었다.

"불쌍하지."

"누가 말입니까?"

"손비."

안령이 입을 손가락으로 가리켰다.

"당신도 이제 알 거 아냐. 손비는 말을 못 해."

말을 하지 않는 것이 그런 이유였나.

"그렇습니까?"

"벙어리가 되었거든."

벙어리였다, 가 아니라 벙어리가 되었다고 했다.

"잘 웃지도 못. 그때 얼굴 근육을 다쳐서. 그래서 빙봉
이 된 거야. 싸늘하고 웃지도 않는다고. 원래는 얼마나 예
쁜 목소리를 가졌었는데."

안령은 밖에서 가져온 술 호리병을 들어 벌컥벌컥 마셨
다.

"누가 그랬습니까?"

"알면 놀랄걸."

안령이 술에 취한 얼굴로 웃었다.

그러더니 손가락을 들어 위쪽을 가리키며 말했다.

"그의 사부, 검후."

사부가 제자를 벙어리로 만들었다?

진자강은 기분이 이상해졌다. 손비가 무언가 잘못하여 벌이라도 준 것일까.

안령이 말했다.

"손비가 너무 예쁜 게 탈이었지. 심지어 애교도 많았다니까? 그러니까 얼마나 인기가 좋았겠어. 수많은 남자들이 늘 손비의 곁을 맴돌았고, 손비는 그만큼 무공 수련에 방해를 받았지."

"그래서……."

"웃지 못하게, 남자들이 말을 걸어와도 대답하지 못하게 벙어리를 만들어 버렸어. 무공에만 전념할 수 있도록."

때문에 임이언은 육하선이 '정'이라는 글자를 썼을 때, 매우 불쾌해했던 모양이었다.

"남해검문 내에서조차 너무하다는 말들이 있었지만 따지고 보면 소림사의 양공이나 동자공과 마찬가지인걸. 남녀 간의 관계에 지나치게 치우치다 보면 결국 정체되어 버리니까. 검후는 그것을 극도로 경계하고 계신 거지. 강호에서 여자가 무인으로 성공하기란 꽤 어려운 일이라서."

일사이불삼도이왕.

백도 무림의 여덟 고수. 그러나 거기에 검후는 포함되어 있지 않다. 여자는 단 한 명, 아미파의 신니 인은 사태뿐이다.

그게 검후를 자극했던 것일까.

듣고 있던 진자강이 저도 모르게 툭 말을 던졌다.

"어느 쪽이 행복한지는 본인에게 달린 것 아닙니까. 꼭 무공으로 대성해야 행복하다고 생각하지는 않습니다."

안령이 진자강을 빤히 보았다.

"무인에게 무공으로 성공하는 것만큼 대단한 일이 어디 있어. 아니, 그보다 나 지금 굉장히 놀랐어. 당신 입에서 행복이라는 말이 나오다니."

진자강은 대답하지 않았다.

진자강이 원하는 행복은 너무 작고 수수해서 말하기에도 부끄러운 정도였다. 하지만 진자강에게는 그 무엇보다도 실현하기 어려운 일이기도 했다.

그때까지 살아남을 수 있을지나 알 수 없었고, 살아남아 복수를 마친다 해도 또 다른 복수에 휘말릴 가능성이 컸다. 그래서 아예 근원을 뿌리 뽑아 미래의 안정을 도모하려 이 고생을 하는 중인 것이다.

"뭐, 어쨌든. 손비는 자기가 벙어리가 된 걸 당신에게 말하지 않았으면 하더라고. 어차피 비밀도 아니고 알 만한 사람은 다 아는 걸."

"본인이 말하기 원하지 않았다면서 지금 소저가 다 말하고 있습니다만."

"이건 어쩔 수 없이 옆에서 개입해야 하는 문제야. 왜냐하면 당신이란 사람에게 관심이 생긴 것 같아, 손비가."

"……."

"이건 정말 대단한 일이라니까? 손비는 말을 잃은 후로 한 번도 남자에게 관심을 가진 적이 없었다고."

진자강은 말을 않았다.

"왜 그럴까? 당신에게는 참으로 희한한 매력이 있는 것 같아. 나이 몇 살쯤은 신경도 쓰이지 않을 정도로."

"그걸 내게 물어봐야 소용없다고 생각하지 않습니까?"

"응. 그런 것 같아."

"아무래도 소저는 술을 줄이는 게 좋겠습니다."

"쳇. 술의 힘을 빌리지 않으면 이런 말을 할 수 없는 사람도 있는걸."

남의 말은 하면서 정작 본인의 이야기는 하지 않는다.

속마음을 털어놓지 않는다는 것이 어떤 의미인지 다른 사람은 몰라도 진자강은 잘 안다.

자신의 속마음이 부끄러워 감추는 것이거나, 혹은 상대에게 의지하기 싫어서 말하기 싫어하는 것이거나.

둘 중 하나다.

툭.

객잔의 지붕에서 난 소리에 안령이 고개를 들었다.

"어?"

투투툭.

물방울 떨어지는 소리가 창 바깥에서도 났다.

"비 온다."

안령이 창으로 가 밖을 내다보았다.

"벌써 장마는 아니겠지. 소나기인가?"

금세 빗줄기가 굵어지면서 쏟아지기 시작했다.

쏴아아아…….

안령은 한참이나 창밖을 바라보다가 늦은 새벽에 겨우 객실로 돌아갔다.

*　　　*　　　*

아침 일찍부터 진자강은 또 육수를 끓이기 시작했다.

쏴아아. 비가 내리는 가운데 달큰하고 짭짤한 냄새가 객잔 안에 퍼졌다.

진자강은 정말로 객잔주가 된 것 같았다.

무인들은 대개 이른 새벽부터 운기조식을 하는 것이 일상이었으므로 대부분은 그때 이미 깨어 있었다. 냄새를 맡고 하나둘 일 층으로 내려오기 시작했다.

그중 가장 먼저 내려온 것은 임이언과 손비였다.

한데 손비의 표정이 또 어제와는 달랐다. 차가운 인상이 아니라 어딘가 얼굴이 붉어져서 안절부절못하고 있었다.

임이언은 내려오자마자 부엌에서 잠깐 나온 진자강을 쩨려보았다.

그러더니 물었다.

"돈이 좋은가, 아니면 다른 걸 원하는가."

"돈은 충분히 있습니다."

임이언이 손바닥을 펴서 내밀었다가 접으면서 까딱였다.

"그럼 오게."

진자강은 마치 사전에 얘기가 되어 있던 것처럼 손을 툭툭 떨고 국지를 든 채 임이언에게 다가갔다. 임이언이 손을 뻗자 옆 탁자의 젓가락 하나가 손안으로 빨려 들어갔다.

진자강은 다짜고짜 국자를 휘둘렀다. 낫을 사용하듯 짧고 크게 원을 그리며 임이언의 관자놀이와 목을 노렸다. 임이언이 젓가락으로 국자를 받아서 마치 금나수를 펼치듯 첨련점수를 사용했다. 젓가락이 국자에 달라붙은 것처럼 떨어뜨리지 않으며 이리저리 흔들어 댔다.

진자강의 몸이 국자를 따라 좌우로 흔들렸다. 임이언이 돌연 젓가락을 빠르게 일 회 진동시켰다.

땅!

마치 젓가락의 옆 부분으로 발경을 한 것처럼 국자가 튕겨 나갔다. 진자강의 팔이 벌어지며 가슴이 빈 채로 드러났다.

"흥. 이 정도면 밥값은 되었겠지."

임이언은 젓가락을 던져서 젓가락 통에 넣고는 어제 앉았던 자리로 가서 앉았다.

손비가 진자강에게 가볍게 목례를 해 보이며 임이언과 같은 자리에 앉았다.

육하선이 내려오면서 손비를 힐끗 보고 피식 웃었다.

남궁걸도 내려오다가 잠깐 '흠흠' 하고 헛기침을 했다.

"검후께서 독룡이 마음에 드셨던 모양입니다."

보지 못했어도 기감으로 임이언이 진자강에게 한 수를 전해 준 걸 알아채고 있었다.

임이언은 냉정하게 답했다.

"어제 못 한 밥값을 한 것이네."

육하선이 끼어들었다.

"독룡은 강호에서 살인마에 공적으로 알려져 있지만 의외로 많은 이들의 호감을 받고 있는 것 같소."

호감이란 말에 손비의 뺨이 더 붉어졌다. 냉랭한 표정에 붉은 홍조가 어리니 그 모습이 처녀의 방심(芳心)을 더욱 숨길 수 없이 내보이는 것이었다.

"아침부터 쓸데없는 소리 말고 자중하시게!"

임이언은 일갈하며 매서운 눈빛으로 남궁걸과 육하선을 노려보았다.

"후아암, 잘 잤다."

곧 안령이 부스스한 채로 기지개를 켜며 느긋하게 내려왔다.

그러다가 임이언과 손비의 뾰족한 눈길을 받고 화들짝 놀랐다.

"혜…… 혜혜."

분위기를 눈치챈 안령은 둘과 합석하지 않고 어깨를 움츠리며 다른 자리로 가서 앉았다.

객잔에 있는 이들은 모두 이름난 고수다. 게다가 적진의 한가운데에 들어와 마음 편하게 발 뻗고 잤을 리도 없다. 대부분 좌정하고 신경을 바짝 곤두세운 채 밤을 샜다.

덕분에 어젯밤에 안령이 술에 취해 주절거린 말을 모두 들었다. 손비가 안령을 째려보는 것도 무리가 아니었다.

안령이 어색하게 웃으면서 손비에게 입 모양으로 미안하다는 말을 전했지만, 손비의 눈은 더 날카로워졌을 따름이었다.

진자강은 내려온 사람들의 숫자를 확인하고 부엌으로 돌아갔다.

쏴아아. 밤부터 시작된 비가 아침까지 내리고 있었다.

*　　　*　　　*

진자강은 주방에서 임이언이 보여 준 일초식을 복기했다.

본래 병기를 맞대는 수법은 따로 있다. 그런데 임이언이 보여 준 것은 그 궤가 완전히 달랐다.

병기술이 아니라 완전한 첨련점수였다. 게다가 두 번째 튕기는 수법은 촌경과 느낌이 크게 다르지 않았다.

정확하게 말하자면, 병기를 들고 있으되 병기를 병기로 사용하는 게 아니라 손의 연장선처럼 사용하는 방법을 보인 것이다.

'이런 게 가능했었군.'

진자강은 육수가 펄펄 끓는 솥에 면의 양을 가늠한 다음 다섯 덩어리의 면을 넣었다.

국자로 면을 휘저으면서 면과 국자가 닿는 부분에 감각을 집중했다. 육수 안에서 끓는 면은 흐르는 물과 같다. 국자를 세게 저으면 끊어지고, 퍼 올리면 제멋대로 흘러내린다.

진자강은 면을 국자로 휘감아 올리며 첨련점수로 허공에서 흘러내리는 면에 국자를 붙였다.

솥 밖으로 면 몇 가닥이 육수와 함께 튀어 나갔다.

포기하지 않고 육수에 면을 담가 풀었다가 국자로 퍼서 공중에서 휘감아 올리기를 여러 번.

처음엔 면의 움직임에 국자를 따라 붙였다가 이내 국자로 면의 움직임을 제한해 보았다. 국자의 움직임에 면을 종속시키는 것이다. 국자를 국자가 아니라 손이라 생각하고 움직였다.

점차 면이 흘러내리는 가닥 수가 줄어들었다. 이제 움직임의 주도권은 면이 아니라 국자에 있었다.

휘리리리.

국자로 허공을 휘젓는데 면이 거의 흩어지지 않고 국자를 따라 움직였다. 솥 밖으로 떨어지는 면의 가닥이 거의 없었다. 심지어는 육수조차도 튕겨 나가지 않았다.

국사에 변을 한 가닥도 남김없이 전부 돌돌 김있다가 솥 안에 넣으면서 한꺼번에 풀어 버릴 수도 있었다.

진자강으로서는 뜻밖에 얻은 깨달음이었다.

　　　　＊　　　　＊　　　　＊

　진자강이 면이 담긴 그릇을 내놓자 무인들이 인상을 쓰며 진자강을 쳐다보았다.

　어제보다 그릇에 담긴 면의 양이 많이 줄어 있었다. 무인들은 대개 소식하지만 그래도 양이 눈에 띄게 주니 섭섭할 수밖에 없었다.

　그러나 면을 젓가락으로 집은 순간 그 탱탱함에 놀랐다. 육하선은 면을 한 가닥만 집어 올려 보았다. 면발이 버드나무 가지를 당겼다가 놓은 것처럼 출렁거렸다.

　식감도 굉장히 쫄깃했다.

　육하선이 중얼거렸다.

　"독룡이 객잔의 숙수라니, 더군다나 이렇게 맛이 있다니…… 도대체 이걸 누가 믿겠나."

　남궁걸이 껄껄 웃었다.

　"누가 믿겠느냐가 아니라 누가 먹을 수 있겠느냐고 말해야 할 거외다."

　"애초에 독룡의 요리를 먹을 자신이 없으면 독룡과 마주하면 안 되지. 송종객잔의 이름을 본 순간 돌아가야 할 것이오."

　"그건 본인도 공감하외다."

임이언도 면을 젓가락으로 들어 자세히 들여다보더니 코웃음을 쳤다.

"흥. 제법."

면에 대한 칭찬인지 무공에 대한 칭찬인지 알 수 없었으나, 어쨌든 칭찬인 것은 확실했다.

후루룩, 후루룩.

객잔 안에는 더 이상의 말 없이 면을 빨아들이는 소리만 요란했다.

제일 먼저 한 그릇을 비운 남궁걸이 아쉬워했다.

"더 없나."

진자강이 고개를 저었다.

"손님이 올 겁니다."

빗소리 가운데에 들리는 경공의 발소리.

비가 오면 소리가 멀리 퍼지지 않는다. 이만한 소리가 들린다는 건 이미 바로 근처에 와 있다는 뜻이다.

남궁걸이 혀를 찼다.

"왜 꼭 밥 먹을 때만 오는가. 쯧."

열린 문으로 갑작스레 비가 들이쳤다. 누군가 뛰어 들어온 탓이다.

촤아악!

문 안쪽이 흠뻑 젖었다. 그리고 거기에는 경공으로 달려온 두 명의 무인이 서 있었다.

진자강이 기다리던 쪽의 인물들이었다.

오십 대 화산파의 고수.

그러나 다른 한 명은 진자강이 예상하지 못한 이였다.

소민이었다. 일전에 영운, 표상국과 함께 묘랑대의 임무를 하며 진자강과 만났던…….

진자강이 잠시 소민을 바라보다가 화산파의 고수와 소민에게 말했다.

"일단 앉으십시오. 따뜻한 음식을 내드리겠습니다."

그러나 진자강을 본 순간 소민의 눈시울이 붉어졌다. 소민은 격정을 주체하지 못하고 소리쳤다.

"왜!"

소민이 울면서 소리 질렀다.

"왜 상국 오라버니를 죽였어! 왜! 그럴 필요까지는 없었잖아!"

화산파의 고수가 낮은 소리로, 하지만 야수가 으르렁대는 듯한 목울음 소리로 소민을 꾸짖었다.

"닥치거라."

"끄윽. 끅."

소민은 입술을 꽉 물고 울었다.

화산파의 고수, 함근이 검후 임이언을 비롯한 남궁걸과

육하선에게 짧게 포권하며 인사했다. 객잔 안에 미리 와 있던 이들도 자리에서 일어나 마주 포권했다.

진자강이 빈자리를 안내했다.

"앉으십시오."

함근이 진자강을 아래로 내려다보며 서늘한 목소리로 대꾸했다.

"내가 여기 놀러 온 것으로 보이느냐?"

진자강이 빤히 쳐다볼 뿐 대답하지 않자, 함근이 다시 입술을 이죽이며 물었다.

"내가 여기 놀러 온 것으로 보이느냐고 물었다."

육하선이 조소하듯 말했다.

"이보시오. 여기 있는 사람들이 한가해서 온 줄 아시오? 여기 있는 이들 중에 놀러 온 사람은 한 명도……."

"흠흠."

남궁걸이 머쓱해하며 헛기침을 했다. 남궁걸은 놀러 왔다고 핑계를 댔었다. 그러니 놀러 온 사람이 한 명도 없다고 하면 거짓말이 된다.

육하선도 그것을 생각해 낸 듯 말을 멈추었다.

함근은 아직 송종객잔의 분위기에 적응하지 못하였으므로 자신을 놀린다고 생각해 매우 불쾌한 표정이 되었다.

"말을 꺼냈으면 끝맺음을 하여야지."

그 말에 남궁걸이 대답했다.

"우리는 금강천검의 대리로 누가 올지 생각하고 있었소이다. 한데 설마하니 화산파의 함 대협이 올 줄은 몰랐구려."

정의회의 대표도 아니고 금강천검의 대리라고 말한 것은 분명한 조롱이었다. 장강검문과 정의회는 똑같이 해월 진인의 대의를 실현한다는 것으로 시작하였으나 현재는 오히려 대립하고 있는 상황이다.

함근의 턱에 힘줄이 돋았다.

"화산은 남궁가와 달리 누구의 명을 받거나 하여 움직이는 데가 아니외다."

"오해가 있구려. 나는 놀러 왔소이다."

함근의 입술이 들썩이며 꽉 깨문 이가 보였다.

"재이검객은 검으로 재앙을 부르는 게 아니라 말로 재앙을 불러오는군."

남궁걸은 매서운 눈으로, 하지만 부드러운 미소로 손을 들어 보였다.

"그럼 말을 좀 삼가야겠군. 볼일 보시오."

빠득.

함근의 수염과 머리카락이 뻣뻣하게 섰다. 노기를 겨우 참고 있는 것처럼 보였다.

함근은 길게 말을 끌지 않았다. 바로 진자강을 보며 말했다.

"염왕의 친서를 갖고 있다는 걸 알고 있다. 너는 무슨 내용인지 알고 있을 터. 당장 친서의 내용을 고하거나 친서를 내놓아라."

정의회는 친서가 소림사에 전달되기 전에 내용을 알고 싶어 한다.

당가가 소림사에 선전 포고를 했는지, 아니면 다른 거래를 할 요량인지 알고 대처하려는 셈인 것이다.

객잔 안의 다른 무인들이 모두 진자강에게 시선이 쏠렸다. 일단 진자강이 원하던 파벌의 대표들은 대강 모인 셈이 되었다. 진자강이 과연 친서를 내놓을 것인지 궁금해졌다.

진자강이 답했다.

"소면 두 그릇을 드리겠습니다."

"어쭙잖은 객잔주 흉내로 시간 끌 생각하지 마라."

하나 함근의 협박도 소용이 없었다.

검후 임이언이 한마디를 던진 때문이었다.

"독룡의 요리는 먹어 볼 만한 가치가 있지."

함근이 눈을 부라리며 임이언을 쳐다보았다.

"무슨 뜻이외까."

"독룡의 요리를 먹을 자신도 없으면서 협박이 통할 거라고 생각하는 것인가?"

함근은 물러서지 않았다.

"검후는, 남해검문은 금강천검과 나쁜 사이가 아닐 터. 어째서 독룡을 돕고 본인과 각을 세우려는 것이오?"

"함 대협이 과연 여기에 있을 자격이 있는지 그게 궁금할 뿐일세. 그리고 왜 자꾸 금강천검과 본 문을 엮는 것인지 알 수가 없군. 혼담 한 번 오간 것이 전부이거늘."

"그에 대한 대답은 나보다 검후께서 더 잘 알고 있지 않겠소? 세상에 아니 땐 굴뚝에는 연기가 나지 않는 법이오."

임이언은 기분이 나빠져 젓가락을 탁 소리가 나게 내려놓았다.

"내 제자가 묵룡에게 꼬리라도 쳤단 말인가! 내가 그런 역겨운 소문을 가장 증오하는 걸 모르는가!"

함근은 눈빛을 풀지 않고 포권했다.

"결례가 되었다면 사과하겠소이다. 하나 오늘에 화산의 일을 막으려 한다면 검후의 제자는 더욱 사람들의 의심을 사게 될 것이오."

임이언의 얼굴이 붉으락푸르락해졌다. 혼담이 오간 건 사실이었다. 함근은 자신을 건드리면 혼담이 오갔다가 잘 되지 않아서 백리중을 배신했다는 소문이 날 수도 있다고 경고한 것이다.

"재이검객에 뭐라 할 게 아니로군. 혀가 긴 사람이 또 있어!"

임이언은 그 말을 끝으로 입을 다물어 버렸다.

함근은 객잔 안을 둘러보았다.

모두가 빈 그릇을 앞에 하나씩 두고 있었다.

다들 국물 한 방울 남기지 않고 깨끗하게 먹었다. 이런 분위기에서 혼자만 거부한다면 그것도 우스운 꼴이다.

"자격이라……."

함근은 진자강에게 명령조로 말했다.

"어디 솜씨를 보지. 가져오너라."

진자강은 바로 면을 삶으러 가지 않고 되물었다.

"내가 잘하는 걸 맛보시겠습니까, 아니면 먹을 수 있는 걸로 드시겠습니까."

진자강의 말을 들은 육하선이 핏 웃었다. 육하선이 처음 찾아왔을 때 진자강이 물었던 말 그대로다.

이제야 다른 무인들도 진자강의 의도를 읽었다. 다들 눈빛에 호기심이 진뜩 이렸다.

진자강이 괜히 객잔에 자리 잡고 버틴 게 아니다.

자신의 편과 아닌 쪽을 구분하고 있다.

진자강이 만든 요리를 먹는다면 진자강을 신뢰하거나 그

만큼 무공에 자신이 있다는 뜻이다. 그게 아니라면 진자강을 불편하게 여기는 쪽일 터였다.

함근의 표정이 굳었다.

이미 가져오라고 했는데 바로 거부한다면 무공에 자신이 없어서 꼬리를 말았다는 소문이 날 것이다. 그렇다고 금강천검까지 무릎을 꿇게 만들었다고 소문이 난 절대독 수라혈을 대놓고 마실 수도 없는 일이었다. 만용을 부렸다가 잘못되면 멍청하다는 소리나 들을 터였다.

결국 물러설 수 없었다.

화산파의 중견이 독룡의 독에 겁을 먹었다는 소문이 나게 할 수야 있겠는가!

함근은 이를 씹었다.

"상황을 아주 잘 이용하는구나. 어디 얼마나 잘하는지 그 잘하는 것 구경 좀 해 보자꾸나."

지켜보던 무인들은 진자강이 어떻게 나올지 흥미진진해졌다.

진자강의 성격을 보건대 절대 적당하게 넘어가지는 않으리라.

"그럼 잠시."

진자강은 부엌으로 돌아갔다. 면을 삶고 육수를 끓이는 소리가 들려왔다.

진자강이 올 때까지 가만히 서 있기도 머쓱한 노릇이다. 함근은 비어 있는 탁자에 앉았다. 그러나 그 와중에도 객잔 안의 이들을 살펴보며 경계하기를 멈추지 않았다.

　만일 독룡에게 무력을 써야 한다면 누가 적이고 아군이 될지 가늠하는 것이다.

　남해검문의 검후는 자신의 일에 쉽게 끼어들지 않을 것이고, 독문과 정의회는 바로 직전에 손을 잡기로 하였으니 환락천주 육하선도 대놓고 끼어들기는 어려울 터이다.

　그러나 여차하면 남궁가의 남궁걸과는 싸워야 한다.

　함근은 언제라도 검을 뽑을 수 있게 탁자 위에 올려놓았다. 그러곤 아직도 눈물을 매달고 있는 소민을 질책했다.

　"정신 차려라. 네가 그 정도로 감정을 주체하지 못할 줄 알았다면 데려오지 아니하였을 것이다."

　"알겠습니다, 사부님."

　소민은 억지로 눈물을 삼키며 복수심을 불태웠다.

　약간의 어색한 시간이 흐른 후, 진자강이 부엌에서 나왔다.

　신사상은 한 그릇의 면과 한 진의 작은 술잔을 들었다. 면은 소민의 앞에, 술잔은 함근의 앞에 두었다.

　진자강이 술잔에 살짝 손가락을 담갔다가 꺼냈다. 한 줄기 핏물이 술잔 안에 퍼지며 이루 말할 수 없는 진한 꽃향기가 객잔 안에 풍겼다.

남궁걸이 꽃향기를 음미하며 말했다.

"이야. 이것이 그 유명한 수라혈이로군."

수라혈이라는 말에 함근의 표정이 더 굳었다.

소민은 사부인 함근에게는 독주가 나오고 자신의 앞에는 왜 음식이 나왔는지 몰라 진자강을 노려보았다.

"내가 이런 걸 먹을 것 같아?"

"먹고 나면 표 형에 대해 말해 주겠습니다."

"표 형이라는 말을 입에 담다니!"

소민은 이를 악물고 빨갛게 된 눈으로 진자강을 노려보다가 젓가락을 들었다.

한데 함근이 말했다.

"너는 먹지 마라."

소민이 멈칫했다.

"무슨 장난질을 했을 줄 알고 놈이 준 걸 먹는단 말이냐."

소민의 눈빛에 자책감이 잠깐 어렸다. 자기도 모르게 진자강을 믿고 있었다. 그러나 믿고 있었던 만큼 표상국을 죽인 진자강에 대한 배신감이 더 크게 느껴져 눈물이 다시 차올랐다.

하나 표상국을 죽인 이유를 알고 싶은 탓에 사부의 말에도 젓가락을 쉬이 놓지 못하고 있었다.

그러자 함근이 손바닥으로 소민의 앞에 있는 그릇을 쳐 버렸다.

애먼 그릇이 옆으로 날아갔다. 동시에 남궁걸이 빈 그릇을 들고 신법을 발휘하며 옆으로 몸을 날렸다.

파파팟!

사방으로 튀어 날아가는 면을 젓가락으로 전부 집어서 모으고 크게 휘감아 한 번에 뭉텅이로 만들었다. 동시에 빈 그릇으로는 쏟아지는 국물을 담았다.

남궁걸은 뒷발로 떨어지는 소민의 그릇을 받아 내기까지 했다. 그러곤 발을 튕겨서 소민의 앞에 다시 그릇을 되돌리고 자신은 면을 국물이 담긴 그릇에 넣어 자리로 되돌아왔다.

땅에 떨어진 건 국물 몇 방울뿐이었다.

남궁걸은 보란 듯 소리를 내며 면을 먹었다.

후루룩! 후루룩!

남궁걸이 감탄했다.

"맛있군. 맛있어. 왜 이런 맛있는 걸 먹지 않아."

함근과 소민의 얼굴이 동시에 붉어졌다. 함근은 독이 들었다고 의심한 것에 조롱을 빈은 때문에 얼굴이 달아올랐고, 소민은 진자강에 대한 배신감…… 그 한편으로 진자강을 믿고 있는 마음이 충돌하여 복잡해진 탓에 붉어진 것이었다.

진자강이 담담하게 말했다.

"소민 소저에게 준 것은 닭으로 낸 육수와 시장에서 사온 면. 소금. 약간의 향채(香菜)뿐입니다."

함근이 그럼 자신의 앞에 놓인 작은 술잔은 무엇이냐는 듯 턱짓했다.

"그건 수라혈입니다. 중독되면 온몸에 적멸화가 피어나고 짧은 시간 내에 내부가 파괴되어 죽습니다. 마시고 나면 죽기 전에 원하는 것을 모두 말씀드리겠습니다."

임이언과 남궁걸의 눈빛이 새삼 반짝였다. 그들은 강호에서 가장 최상층에 있는 무인들. 진자강의 수라혈이 궁금하지 않을 수 없었다.

함근이 무서운 표정으로 진자강을 쳐다보았다. 그러나 그조차 선뜻 수라혈에는 손을 대지 못하고 있었다.

육하선이 말을 던졌다.

"나라면, 마시지 않겠소."

"무슨 뜻인가."

"나살돈의 천귀는 만독불침지체였소. 하지만 온몸에 꽃이 핀 채로 죽었지. 독룡의 말대로라면 그것이 수라혈에 중독되어 죽은 흔적일 것이오."

소민이 흠칫했다. 절로 어깨가 떨렸다. 소민은 진자강과 천귀가 독으로 대작하는 걸 직접 목도했다. 사부 함근을 믿지 못하는 건 아니지만 그가 만독불침지체는 아니지 않은

가!

남궁걸이 빈정거렸다.

"본인이 자신 있게 독룡에게 잘하는 걸 가져오라 하였는데 마시지 않고 있으니 이것은 정말 우스운 광경이 아닌가! 본인이 말해 놓고 지키지 못한다면 개만도 못한 놈이니 이곳을 나갈 땐 네발로 기어 나가야 할 것이외다."

함근의 얼굴이 붉어졌다.

겨우 반 모금도 되지 않는 작은 술잔. 그러나 거기에서 풍겨 나는 향은 보통이 아니다. 전신의 살갗이, 잔털이, 등줄기가 계속해서 찌릿거린다. 평생의 직감이 굉장한 경고를 보내고 있다.

'이이⋯⋯.'

함근은 어금니를 꽉 물었다.

유서 깊은 정종의 심법이 그러하듯 화산파의 내공심법도 독에는 상당한 저항력을 가지고 있다.

특히나 함근은 자하신공 월(紫霞神功 月)이라는 내공심법을 익혔다. 자하신공을 근간으로 만들어져 자하신공에 버금가는 내공심법이다.

부지불식간에 당하는 게 아니라 내공을 잔뜩 일으키고 준비한 상태라면 어떠한 독을 마셔도 버틸 수 있다고 생각했다.

한데 이 독은 다르다. 어찌 된 것이, 향긋한 꽃 내음을 풍기면서도 이리 지독한 죽음의 기운을 내포하고 있단 말인가!

이 독을 마시면 버틸 수 없을 것 같은 기분이 들기 시작했다. 마치 자신보다 훨씬 더 강한 고수를 눈앞에 두고 고수의 칼끝을 목에 댄 듯하였다.

'기분 탓!'

그러나 그런 기분이 들게 한 것도 이 독의 영향이다.

진자강이 말했다.

"무리하지 않아도 됩니다. 소림사가 인근에서 지켜보고 있었습니다. 모일 사람이 모두 모였으니 곧 나타날 겁니다. 그러면 그때 자연히 친서에 대해 알게 됩니다."

그 말이 함근을 더욱 자극했다.

그리고 소림사가 오는 건 그 역시 알고 있었다. 오히려 그 전에 친서의 내용을 아는 것이 중요하다.

"너는 내가 우습게 보이느냐?"

으득.

함근은 이를 갈며 내공을 최대로 끌어 올렸다.

복독(服毒)을 준비하며 눈에 정광이 어리고 자줏빛 자하기가 맺히기 시작했다.

묘하게 떠밀리는 듯한 상황이었다. 자신만만하게 나선

건 함근 본인인데 어째서 분위기는 자기가 사약을 받는 듯한 모양새가 되었는가.

내공을 끌어 올린 채로도 함근은 쉽게 술잔을 들지 못하고 망설였다.

그런데 그때, 소민이 돌발적인 행동을 했다.

함근의 앞에 있는 술잔을 자신이 집어 마셔 버린 것이다.

함근이 놀라 술잔을 빼앗았다. 그러나 이미 늦었다.

"무슨 짓이냐!"

함근이 소민의 턱을 쥐자 소민은 입에 머금은 독을 꿀꺽 삼키고 말했다.

"사부님은 문평 사형을 찾으셔야 하잖아요. 이런 건 제자가 대신하겠습니다."

"놈의 말을 어찌 믿고!"

소민이 비장한 표정으로 말했다.

"독룡은 약속을 지킬 거예요."

함근의 얼굴이 삽시간에 핼쑥해졌다.

"어째서…… 어째서 저런 놈의 말을 믿고…….'

이번에는 남궁길도 비웃지 못했디. 오죽 사부가 바보 같으면 제자가 나서겠냐고 조롱할 만도 하건만, 그러지 못했다. 제자가 사부의 체면을 위해 목숨을 걸고 나선 일은 우스갯거리가 아니다.

안령이 진자강에게 물었다.

"맙소사…… 정말로 수라혈이 든 건 아니지?"

주루룩.

소민의 코에서 선혈이 흘렀다.

그것만으로도 진자강이 대답할 필요가 없어졌다.

함근이 진자강에게 소리 질렀다.

"해독약을 내놔라!"

하지만 소민이 고개를 저었다. 해독약이 없다는 건 소민이 더 잘 알고 있었다.

소민이 진자강을 쳐다보며 말했다.

"약속 지켜."

진자강은 소민을 가만히 보더니 살짝 끄덕였다. 그러곤 곧바로 소민에게 당청의 친서를 건네주었다.

객잔 안의 이들이 감탄을 금치 못할 광경이었다.

설마하니 정말로 말한 대로 내어 줄 거라고는 생각하지 못했던 것이다.

소민이 함근에게 친서를 주고 곧바로 자리에 가부좌를 틀고 앉았다. 목덜미에 벌써 빨간 꽃이 피어나기 시작했다.

적멸화!

함근의 눈가가 불그스름해졌다. 함근은 친서를 손에 꽉 쥐고 있다가 이를 악물고 친서를 열었다.

다른 무인들도 당청의 친서를 보고 싶었으나 그럴 수 없었다. 이것은 소민이 목숨을 걸고 얻어 낸 결과다.

친서를 훑어보던 함근의 얼굴 근육이 파르르 떨렸다.

다른 이들은 친서가 범상치 않은 내용이라는 걸 짐작했다. 함근은 친서를 말아 접더니 크게 웃었다.

하 하 하 하!

함근은 더러운 걸 내던지듯 혐오감 어린 표정으로 진자강을 향해 친서를 던졌다.

그 와중에 소민은 가부좌도 제대로 유지하지 못하고 엎어졌다.

털썩.

"우욱!"

입에서 피가 흘렀다. 소민이 고개를 들었다. 눈에도 서서히 피가 들어차기 시작했다. 소민이 혈안으로 진자강을 쳐다보았다.

아련함과 간절함.

이루 말하기 어려운 복잡한 표정이 두 눈에 담겨 있었다.

진자강이 소민의 시선을 마주하며 말했다.

"표 형은 나를 속이고 방해했습니다."

"그걸로…… 겨우 그걸로 오라버니가 죽을 이유는 되지 않아."

"표 형은 부끄러워하고 있었습니다."

진자강의 그 말에 소민은 더 말을 하지 못했다.

표상국은 늘 정파의 협의에 대해 토로해 왔다. 입에 종남 파의 제자로서, 라는 말을 달고 살았다. 그랬던 그가 비열 한 짓을 했다면 심한 죄책감에 시달렸을 게 분명했다.

"종남파를 위해서 본인이 그런 일을 해야 한다는 것에 자책했습니다. 그러나 표 형은 죽는 순간까지 후회하지 않 았습니다."

놀랍게도, 자책했지만 후회하지 않았다…… 는 모순된 말을 객잔 안에 있던 무인들이 모두 공감했다.

문파에 소속된 무인이라면 누구나 공감하는 부분이었다. 자라는 내내 정의를 위해, 협을 위해 살라고 배우지만 정작 때로는 문파를 위해 스스로의 협을 배신해야 할 때도 있다.

그 같은 괴리감은 살아가는 내내 뜻있는 협객들을 괴롭 히는 문제였다.

소민은 오랫동안 표상국과 활동을 했기 때문에 누구보다 표상국을 잘 알았다.

그래서 소민은 피눈물을 흘렸다.

"그러면…… 표 형이 죽은 건 누구의 잘못이지? 말해

줘, 독룡. 누가 표 형을 죽인 거지?"

소민이 울면서 물은 말에 객잔 안은 숙연해졌다.

그러나 한편으로 진자강의 대답이 궁금하였다.

진자강이 천천히 대답했다.

"표 형은 내가 죽였습니다. 그 몫은 전부 내게 있습니다."

소민은 절규했다.

"으아아아아아—!"

듣는 사람의 가슴이 다 아플 정도의 울부짖음이었다.

검후 임이언이 말했다.

"아가야. 울지 말거라. 독룡은 그의 죽음에 최고의 대우를 해 주었어. 수라혈을 쓴 것도 그래서다."

진자강의 실력이면 삼룡사봉에도 들지 못하는 종남파 제자를 티가 나지 않게 죽일 수도 있었다. 그러나 굳이 수라혈을 씀으로써 흔적을 남겼다.

진자강 식의 예우다.

소민이 울면서 진자강을 쳐다보았다.

"나는 당신이 미워."

소민은 그 한마디를 겨우 내뱉더니 울컥 피를 뿜어내며 혼절하고 말았다.

함근이 소민을 안아 들고 명문혈에 손을 대어 내공을 더

해 주었다. 소민의 뺨과 목덜미에 계속해서 적멸화가 피어나고 있었다.

함근은 말없이 소민을 내려다보며 혼잣말처럼 중얼거렸다.

"사부가 못나 제자를 둘이나 잃게 되는구나."

이윽고 함근은 천천히 걸음을 옮겨 객잔을 나가려 하였다. 이제 이곳에서 그의 볼일은 끝났다.

안령이 진자강에게 나지막한 목소리로 말을 걸었다.

"소민이라는 저 화산파의 소저는 당신을 믿고 있었어. 왜 그랬는 줄 알아?"

안령이 눈물 어린 눈으로 진자강을 돌아보았다.

"저 소저는 당신을 좋아했던 거야. 마지막까지 당신이 약속을 지킬 거라고 믿었어."

진자강은 무표정한 얼굴을 유지하려 했으나 가슴이 아팠다.

언젠가 이런 날들이 오게 될 거라 생각했으나, 생각보다도 쉽지 않았다.

표상국을 죽일 때만큼이나 그러했다.

손비도 진자강을 지켜보고 있었다. 진자강의 무표정한 얼굴에 드리운 그림자를 읽었다. 살짝이 떨리는 눈썹을 보았다. 겉으로 보이는 것보다도 더 차갑지 못한 남자…… 아니, 차갑지만 사실은 따뜻한 마음을 가진 남자다.

무심코 오랫동안 진자강을 바라보는 손비를 향해 임이언이 나지막하게, 하지만 한없이 냉정하게 말했다.

"마음 접어라."

손비가 당황함을 애써 감추었다.

"나는 독룡이 소문처럼 냉혈한 자라면 너와 잠깐은 이어 줄 수도 있다고 생각했다. 그런데 지금 보니 아직 어린 마음이 남았어. 그건 결국 서로에게 방해가 될 뿐이다."

손비는 처음으로 임이언의 말에 표정으로 항변했다. 아랫입술을 꽉 물고 임이언을 똑바로 쳐다보았다.

임이언이 힘을 주고 단단히 말했다.

"독룡이 상대하고 있는 자들을 생각해 보아라. 거기에 굳이 타인의 죽음까지 어깨에 짊어지려는구나. 불구덩이에 짚단을 이고 가는 것보다 나은 구석이 하나도 없느니라."

임이언이 작게 말했다고 해도 들을 만한 사람은 모두 들었다. 그것은 임이언이 손비에게 한 말이자, 동시에 독룡에게 하는 말인 때문이었다.

육하선이 임이언의 말에 대답하듯 말했다.

"남녀 간의 정을 어찌 그리 단칼에 자르려고 하시오이까. 남녀의 정이 없었다면, 부부간의 정이 없다면 이 자리에 있을 수 있는 사람은 한 명도 없을 것입니다."

임이언이 쏘아붙였다.

"남녀 간의 정이 없어도 자식을 낳는 일은 가능하다. 설사 정이 통한다 한들 잠시면 족하다. 내내 정을 운운하는 건 게으른 자들이나 하는 변명이다."

육하선은 말이 통하지 않는다는 듯 고개를 설레설레 내저었다.

한데…….

객잔 안의 이들은 아직 함근이 밖으로 나가지 않고 있다는 사실을 곧 깨달았다.

함근은 소민을 안은 채 문간에 서서 멈춰 있었다. 문밖을 노려보며 인상을 쓰고 있었다.

함근이 한참이나 뒤에 말했다.

"비키시지."

밖에서 목소리가 들려왔다.

"안으로 돌아가시오."

딱딱한데 청량한 음색이 서린 목소리다.

"내 제자가 죽어 가고 있소. 비켜서시오."

다시 한번 함근이 말했다. 하나 밖에서는 미동도 없는 모양이었다.

"함 시주는 나갈 수 없으니 객잔 안으로 되돌아가시오."

"뭣이?"

남궁걸이 밖에 있는 이들의 정체를 눈치챘다.

"소림사다."

함근은 물러서지 않으려 했다. 그러나 밖에서 함근을 아랑곳하지 않고 밀며 들어왔다.

그래도 버티던 함근은 갑자기 누굴 봤는지 얼굴이 사색이 되어 물러섰다.

쿵쿵쿵쿵.

소림사의 나한승들이 우르르 들어왔다. 스물이 들어와서는 이 열로 문에서부터 길게 섰다.

그리고 그 가운데로 작은 가마 한 대가 들어왔다.

두 명의 나한승이 들고 있는 가마에는 왜소해 보이는 작은 노승이 찌그러진 것처럼 뉘어 있었다. 팔다리가 비틀려 있으며 목이 옆으로 돌아가서 혼자 힘으로는 고개도 돌리지 못하는 듯 보였다.

그러나 그 노승을 본 순간 임이언과 남궁걸의 표정이 동시에 변했다.

노승이 손가락을 덜덜 떨면서 엄지와 검지로 겨우 염주알을 굴리며 말했다.

"나무아미타불 관세음보살. 오랜만이네. 재이검객, 검후. 또 거기…… 소봉과 빙봉인가? 그리고 독룡이 어떤 친구인지 안 보이는데 이쪽으로, 내가 볼 수 있게 좀 오지."

진자강은 별 불평 없이 노승의 말을 따랐다. 노승의 고개가 돌려져 있는 쪽으로 가서 노승의 얼굴을 마주했다.

분명히 손가락도 제대로 움직이지 못하는, 다 죽어 가는 노승이다. 그러나 진자강은 노승의 앞에 서자 굉장한 압박감을 느꼈다. 겨우 뜨고 있는 저 눈에 진자강의 몸이 샅샅이 분해되는 기분이었다.

진자강은 마음을 다스리며 인사했다.

"어서 오십시오. 기다리고 있었습니다."

그런데 순간 노승의 쭈글쭈글한 입술이 오물거리면서 얼굴이 기괴하게 일그러졌다.

그러더니 입에서 노호성이 튀어나왔다.

누우가 감히 하남에서 개수작을 부리는가 했더니, 네에 놈이었구나! 죽고 싶으냐!

콰아아아아!

진자강의 머리카락이 온통 뒤로 휘날렸다.

객잔 전체가 흔들리고 탁자의 그릇들이 덜그럭거렸다. 어설프게 못을 박아 고정한 난간들이 삐걱거리기까지 했다.

"……."

진자강은 고막이 다 얼얼해서 일순간 말을 하지 못하였다. 온몸의 털이 곤두서서 찌릿거렸다.

느낌이 기괴하다 싶더니 아니나 다를까, 숨겨진 면모가 있었다.

멸마승(滅魔僧) 무각.

오랜 기간 활동하지 않았으나, 젊었을 적에는 활동하던 기간 내내 삼천 명이 넘는 마인을 정토로 돌려보낸 전력이 있는 소림사의 절대 고수다.

하나 아무리 전성기에 그런 전력이 있었다 해도 지금은 온몸이 비틀어진 몰골이었다.

한데도 이러한 목소리가 나올 수 있는가.

실로 의심스러울 지경이었다.

진자강은 귀를 손으로 탁탁 치곤 답했다.

"국수를 좀 끓였는데 좀 드시겠습니까? 인원이 많아 모자랄 것 같긴 합니다만."

무각의 눈이 호랑이처럼 크게 떠지며 다시 노호성이 터져 나왔다.

이 천둥벌거숭이 같은 노옴이 아직도 정신을 못 차리고 헛소리를 하느냐!

웅웅웅!

쉴 새 없이 객잔 안이 울렸다.

객잔 안의 무인들은 모두 고수다. 고통스럽지는 않았으나 기혈이 들끓어 눈살을 찌푸리며 내공을 다스리는 모습들이었다.

진자강 역시도 잠깐 눈을 감았다가 떴다.

그러곤 말했다.

"보기와 달리 기력이 넘치시는 모양입니다."

무각이 눈을 부릅떴다.

그때 남궁걸이 나섰다.

"독룡. 예의를 잃지 말게. 소림사의 무 자 배 선승이시네."

진자강이 상대했던 전대 금강승이 육십 대의 나이인 범자 배였다. 그리고 그 윗대가 희 자. 또 그 윗대가 바로 무자 배다. 해월 진인보다도 한 대가 더 위다.

무각의 나이가 벌써 백삼십을 바라보고 있다는 점에서, 그는 그야말로 강호의 역사와도 같은 인물이었다.

하지만 진자강은 당연하게도 물러서지 않았다.

"예의가 양방향이라면 그리하겠습니다."

"허어."

남궁걸이 고개를 절레절레 흔들었다.

무각을 호위하던 호법 중 한 명이 나섰다.

금란가사를 입은 금강승이다.

진자강보다 머리 두 개는 더 큰 단단한 몸을 가진 금강승이 진자강의 바로 앞까지 와서 내려다보았다. 일전의 금강승과 마찬가지로 외공이 극에 달해 태양혈이 불룩하고, 팔뚝이 두껍기가 성인 남자의 장딴지 같았다.

진자강을 손으로 누르면 찌부러져 터질 것 같다. 어지간한 사람은 압박감 때문에 다리가 후들거릴 지경이었다.

진자강은 고개를 들어 금강승과 눈을 마주쳤다.

"소림사의 스님들은 영업 중인 남의 가게를 다짜고짜 점거하는 것이 예의입니까?"

금강승의 눈에 더 힘이 들어갔다.

진자강이 자신의 품에 손을 넣었다.

금강승의 앞에서 그런 행동을 하는 것도 대단한 일이지만, 금강승 역시 대담하게도 전혀 움츠러들지 않고 꿋꿋하게 진자강을 쏘아볼 뿐이었다.

이윽고 진자강이 품에서 꺼낸 것은 다름 아닌 계약서였다.

금강승의 눈이 계약서를 훑었다. 본래의 주인이 객잔을 신사강에게 잠시간 임대한다는 계약 내용이 적혀 있었다.

즉, 이곳은 임시이긴 하지만 진자강이 운영하는 객잔이었다. 민간의 객잔을 임대함으로써 진자강은 민간에 살짝 한 발을 걸쳐 둔 셈이 된 것이다.

물론 생각하기에 따라서는 별것 아닌 일일 수도 있었다. 특히나 정법행에 나선 소림사가 이런 사소한 문제에 발목이 잡힐 거라고는 생각하기 어렵다.

하지만 이곳은 하남이고 소림사의 영역이다. 적법한 계약서를 들이댄 마당에 마음껏 난장을 피우기에는 분명 불편한 부분이 있었다.

진자강의 앞에 선 금강승이 무겁게 입을 열었다.

"잔꾀는 통하지 않는다. 네가 객잔을 운영한다고 해서 민간인이 되는 것은 아니다."

"그러니까……."

진자강이 계약서를 흔들었다.

"여전히 이해하지 못한 모양인데 여기가 객잔이란 뜻입니다. 국수를 먹으러 온 것도, 숙박을 하러 온 것도 아니면 나가라는 말인데, 못 알아듣겠습니까?"

금강승의 눈썹이 치켜 올라갔다.

객잔 안의 이들은 새삼 진자강에게 감탄했다. 틀린 말이 아니었다.

굳이 객잔주 행세를 하고 음식까지 준비한 것이 너무 과장됐다 싶더니, 그것 하나하나에 의미가 있었다.

진자강이 무각에게 시선을 옮기며 말했다.

"보기보다 건강해 보이시니 국수를 드실 만하겠습니다. 스님들을 위해 따로 채소로 국물을 냈는데, 어쩌시겠습니까?"

객잔에 먹으러 온 게 아니면 나가라는데 무슨 말이 더 필요한가!

무각은 몸을 바들바들 떨었다.

"건방진 놈. 일각…… 주겠다. 어디 해 보아라."

굳이 내공을 담지 않자 목소리마저도 다 죽어 가는 노인처럼 힘이 없었다.

진자강은 고개를 끄덕였다. 무각의 말은 국수를 가져오란 뜻이 아니라 뭘 하든 그 시간만 기다리겠다는 뜻이다.

"좋습니다. 그 전에…… 그쪽 문을 막고 계신 스님들은 좀 비켜 주셔야겠습니다. 나가야 할 사람이 있습니다."

진자강의 앞에 선 금강승이 이를 드러내며 말했다.

"이곳에서 나갈 수 있는 사람은 한정되어 있다."

"그게 무슨 뜻입니까?"

무각이 기어들어 가는 목소리로 대답했다.

"모르는 척…… 하는구나. 다른 사람들은 모두 나가도 된다. 그러나……."

무각은 떨리는 손을 들어 함근을 가리켰다.

"너……."

무각의 손가락이 재이검객 남궁걸과 환락천주 육하선을 연이어 가리켰다.

"그리고 너, 너."

무각이 손가락을 거두고 염주 알을 굴리며 가냘픈 목소리로 말했다.

"그렇게 셋은⋯⋯ 여기서 못 나간다⋯⋯."

힘없는 노승의 말이었지만, 그 말은 객잔 안의 무인들에게 충격을 주었다. 객잔에서 나갈 수 없다는 말은 곧 사형 선고나 다름이 없었다.

한데 그 지정된 인물들이 뜻밖이었다.

진자강조차 스스로가 거론되지 않은 부분이 의아할 지경이었다.

다들 의문을 가졌다.

독문 육벌의 육하선은 그럴 수 있다.

그런데 독룡이 없어?

게다가 금강승을 해친 것으로 의심되는 안령도 빠져 있었다. 그런데 화산파와 남궁가는 포함되어 있으면서 동시에 소민은 또 빠져 있다.

이해할 수가 없는 기준이었다.

함근이 물었다.

"내 제자는 보내 주시겠소이까?"

"아픈 자를⋯⋯ 막을 수는 없지."

남궁걸이 자리에서 일어났다.

입구를 가로막고 있던 나한승들이 남궁걸을 동시에 노려보았다.

남궁걸이 껄껄 웃더니 말했다.

"송종객잔이란 이름이 이리도 걸맞게 될 줄은 몰랐군. 한데 이미 소림사에서는 누굴 죽이고 살릴지 결정되어 있었던 모양입니다. 대체 생사부의 기준이 무엇인지 여쭈어도 되겠소이까?"

육하선조차 일그러진 얼굴로 코웃음을 쳤다.

"맞습니다. 사람의 목숨을 앗아 가는데 기준도 없이 제멋대로라면 누가 납득하겠습니까?"

무각이 작은 눈을 뜨고 되물었다.

"누가 납득하라 했지?"

육하선은 말문이 막혔다.

무각이 말했다.

"애초에 납득하라고 만든 기준이 아니다. 그저 낙엽을 쓸고 먼지를 털듯 치우는 것이지……. 그게 정법행이다."

안령이 일어나 함근에게로 갔다.

"다행히도 제가 생사부에 없다 하니, 그럼 제가 소민 소저를 데리고 가겠어요. 이건 화산파와 본 가의 입장을 따지지 않은 개인적인……."

하지만 함근은 눈을 감고 고민했다.

"함 대협. 이러고 있을 시간이 없습니다. 무각 선승께서 소민 소저를 데리고 가도 된다 하셨어요."

지금은 함근이 명문혈에 내공을 불어 넣어 억지로 독의 확산을 막고 있지만 이미 중독된 부분은 괴사하고 있을 터였다.

하여 안령이 다그쳤지만 함근은 미동도 하지 않았다.

"소민은 수라혈에 중독되었다. 미량을 마셨으니 운이 좋으면…… 운이 좋다면 살아날 수도 있을 거다."

"알고 있습니다. 그러니까 우리 의가로 데려가면 살릴 수 있을 거예요."

함근이 눈을 떴을 때, 함근의 눈은 슬픔으로 인해 눈자위가 붉어져 있었다. 그러나 표정은 아까보다도 더 단호했다.

"그래서 더 소민을 안씨 의가로 보낼 수 없다."

"함 대협!"

"우리 화산파는 정의회와 손을 잡기로 하였다. 안씨 의가는 정의회에 적대적이고 우리와는 언젠가 적이 된다. 지금 빚을 질 수는 없다."

"그게 문제가 아니잖아요! 당장에 소림사라는 커다란 적이……!"

"소림사는 독룡과 안씨 의가를 생사부에 적어 넣지 않았다. 하지만 우리 화산파는 아니다."

안령이 괴로운 표정으로 말했다.

"그런…… 정치적인 이유로 죽어 가는 제자를 방치하는 게 옳은 일인가요?"

"적어도 지금은 옳은 일이다."

육하선이 끼어들었다.

"소민의 몸에 남은 수라혈의 흔적은 앞으로 화산파가 독룡을 상대하는 데 있어 큰 무기가 될 것이야. 그러니까 더욱 안씨 의가에 보낼 수 없는 일이지. 만약 함 대협이 살아 나갈 수 있다면, 이라는 전제하에서지만."

안령도 알고 있었다. 그래서 더 가슴이 아렸다. 이렇게 소민이 죽으면 앞서의 표상국과 다를 바가 무엇인가!

"그럼…… 최소한 좀 더 연명할 수 있도록 침을 놓게 해 주세요."

함근은 그것마저 막진 않았다. 안령은 소민을 바닥에 누이고 침통을 꺼냈다. 명색이 의가의 자손이라 의술에도 조예가 있었다.

하나 일전에 손을 상하는 바람에 손가락부터 팔꿈치까지 죄다 붕대를 감고 있어서 침을 놓을 수가 없었다.

안령은 숨을 크게 내쉬고 손에 친친 감은 붕대를 풀었다.

안령의 고운 살결에 어울리지 않게 팔뚝엔 시뻘건 손자국과 함께 흉한 상처가 나 있었다. 살이 찢겼다가 겨우 붙어 아물기 시작한 상처다.

갑자기 무각이 이빨을 딱딱 부딪치며 웃었다.

무각은 정확하게 안령을 보고 있었다.

"차열(撦裂)이로구나?"

거열(車裂)은 수레를 이용해 사람의 팔다리를 찢는 형벌이고, 차열은 사람의 팔다리를 손으로 비틀어 찢는 무공 수법이다.

"나는 수많은 마졸을 성불시켰음에도, 너무나 많은 살생을 저질렀다는 이유로…… 본사에 끌려와 전신 차열형에 처해졌다. 하여 내 사지의 살과 뼈와 힘줄은 오른손 검지와 엄지를 제외하고 모두 비틀리고 찢어지게 되었느니라."

무각이 딱딱 웃으며 말을 이었다.

"본사에서, 차열의 형벌을 내리는 중들이 따로 있느니라. 바로 계율원의 나한승이지."

안령이 차분히 되물었다.

"그런데요?"

무각이 떨리는 팔을 들어서 힘들게 소매를 걷었다. 팔꿈치며 손목이며 죄다 비틀려서 살가죽이 밀린 채로 남아 있는데, 거기에는 오래되어 시커먼 손자국마저 그대로 남아 있었다.

"네가 죽인 공읍이 계율원 출신의 나한이었느니라."

안령의 얼굴이 굳었다.

무각이 떨리는 손을 들어서 구부러진 손톱의 끝으로 안령을 가리켰다. 손과 손가락이 다 떨리는데 묘하게도 가리키는 끝은 흔들리지 않고 정확히 안령을 가리킨다.

"이제…… 너도 못 나간다."

안령은 소름이 끼쳐서 몸을 떨었다. 하지만 애써 침착하게 말했다.

"정말 제멋대로인 기준이군요."

무각이 입구 쪽에 도열한 나한승들에게 명령했다.

"가라. 하남에 남아 있는 안씨 일족의 졸개들을 쫓아내라."

무각은 금강승 둘과 나한승 다섯을 남기고 나머지는 모두 보냈다. 그것은 그 숫자로 이 안의 이들을 모두 제압할 수 있다는 자신감이었다.

안령은 애써 침착했다.

"술만 마시지 않았어도 좀 더 영리하게 굴었을 텐데. 어쩔 수 없군요."

육하선이 안령을 살짝 훑어보며 말했다.

"그 나이에 소림사의 금강승을 맨손으로 죽이다니. 역시 횡강 무공을 시시했는기."

안령은 쓸쓸하게 웃으며 어쩔 수 없다는 듯 소민에게 집중했다. 신중하게 호흡하곤 소민의 몸 곳곳에 침을 놓았다. 함근은 그런 안령을 복잡한 표정으로 볼 수밖에 없었다.

또한, 안령이 나갈 수 없게 됨으로써 임이언의 처지도 변하게 되었다. 이제 임이언도 개입하지 않을 수 없다.

임이언이 무각에게 포권하며 양해를 구했다.

"무각 선사. 본인은 안씨 의가의 핏줄을 돌보기 위해 왔습니다. 본인의 무례함을 너무 나무라지 마십시오."

무각이 턱을 힘겹게 끄덕거렸다.

"아무렴."

동시에 임이언은 손비에게 나지막이 당부했다.

"제자야, 너는 즉시 이 객잔을 떠나야 한다."

손비는 굳은 표정으로 고개를 저었다. 그러나 임이언은 손비의 결심을 받아 주지 않았다.

"무각 선사께서 겨우 저 숫자만 남긴 걸 보면 모르겠느냐? 오늘 이 사부는 여기에서 뼈를 묻게 될 게다."

손비의 눈에 눈물이 어리자 임이언이 혹독하게 혼을 냈다.

"정을 지우라고 했지! 네가 이러는 것이 나에게 도움이 될 줄 아느냐!"

손비는 입술을 깨물고 고개를 숙였다.

무각이 선언했다.

"내 분명 일각이라고 하였다……."

일각 이후에 이 객잔은 전장이 될 것이다. 그 안에 진자강은 염왕의 친서 문제를 해결해야 한다.

"일각이면 충분합니다."

진자강은 면을 삶으러 부엌으로 갔다.

육하선이 진자강의 담대함에 혀를 내둘렀다.

"그렇다면 나도 이대로 죽을 수는 없지."

육하선은 무슨 생각인지 이 층으로 올라갔다.

남궁걸은 검을 꺼내 갈기 시작했다.

객잔 안에 기묘한 분위기가 감돌았다.

第三章
인과(因果)의 폭풍

무각이 나한승들에게 말했다.

"자리로 가자……. 이곳 객잔에서는 국수를 먹는 것이
규칙이라니…… 따라 주어야지."

나한승들이 탁자 두 개를 붙이고 무각의 가마를 탁자 한
쪽에 두어 자리를 잡았다.

소림사의 무승들이 막고 있던 입구를 비웠지만, 아무도 섣
부르게 움직이지 않았다. 개잔의 무인들에게는 아직 염왕의
친서에 관련된 이야기를 보아야 할 의무가 있는 탓이었다.

그 의무에서 자유로운 건 남해검문의 임이언과 손비뿐이
다.

손비는 몇 번이나 임이언의 재촉을 받은 후에 겨우 일어섰다.

손비가 함근의 앞으로 갔다.

함근이 고개를 저었다.

중독된 제자 소민을 보낼 수 없다는 뜻이다.

함근은 더 이상 대화를 나눌 생각이 없다는 듯 가부좌를 틀고 운기조식에 들어갔다. 위험한 행동이었으나 이 자리에서 그를 건드릴 만큼 야비한 자는 없었다.

안령이 손비의 손을 잡았다. 손비는 고개를 끄덕이곤 아랫입술을 물며 뒤를 한 번 돌아보았다가 곧 객잔을 나갔다.

손비가 나가고 난 후에도 객잔 안의 움직임은 별다를 바가 없었다.

그동안에도 시간은 계속해서 흐르고 있었다. 무각이 말한 일각은 그리 긴 시간이 아니었다.

육하선은 아직 이 층에서 내려오지 않고, 남궁걸은 물한 대접을 가져다 둔 채 계속해서 검날을 벼리고 있을 뿐이었다.

마침내, 진자강이 국수 여덟 그릇을 들고 부엌에서 나왔다.

진자강은 아무렇지 않은 얼굴로 그릇을 소림사의 무승들앞에 놓아 주었다.

소림사의 무승들은 시퍼런 눈으로 진자강을 노려볼 뿐이다.

국수를 앞에 놓고 무각이 진자강에게 말했다.

"미리…… 일러두마."

"세이경청하겠습니다."

"내가 국수를 다 먹고 나면 일각이 될 게다. 그 후에는, 네가 이곳에 남아 있을 필요가 없다. 무슨 말인지 알겠느냐?"

진자강이 대답하지 않고 바라보기만 하자, 무각이 턱을 떨며 손가락을 들었다.

"지금부터 네가 할 일은 염왕의 친서를 그대로 가지고 돌아가는 거다."

진자강은 희미하게 미소를 지었다. 진작부터 무각이 무슨 말을 할지 알고 있었다는 태도였다.

진자강의 미소를 본 무각도 그것을 깨닫고 이빨을 딱딱 부딪치며 웃었다.

"못된 놈. 내가 국수를 먹은 후에도 남아 있다면…… 나와 똑같은 몰골로 수레에 실어 돌려보내겠도다."

남궁걸과 임이언은 감탄을 금치 못했다.

"허……."

염왕의 친서에 대한 소림사의 대처가 무엇인지 알게 되었다.

친서를 받게 되면 그 안의 내용이 무엇이든 소림사는 곤란을 겪게 된다. 하여 소림사는 애초에 내용을 보지도 않고 아예 전달받기를 거부해 버릴 생각이었던 것이다.

그리하면 굳이 가부(可否)의 선택을 할 필요가 없게 되지 않겠는가!

그야말로 탁월한 선택이라 하지 않을 수 없었다.

남궁걸이 중얼거렸다.

"그래서 처음부터 독룡을 생사부의 명단에 넣지 않았던 거로군."

안씨 의가를 포함시키지 않았다가 증거를 확인하자 바로 포함한 것과 같은 이치였다.

소림사의 생사부에 아무런 기준이 없어 보였지만 나름대로의 복잡하고 세심한 기준이 있었다는 뜻이다.

임이언도 혼잣말처럼 말했다.

"독룡은 살려서 돌려보내고…… 나머지는 죽인다라……."

어려운 일이다. 특히나 독룡은 당금에 가장 강호에서 주목받는 신진이다. 수많은 고수를 죽이고 살아남았다.

그런 독룡을 살려 보내 친서를 전달받지 않았음을 당가에 확인시켜 주어야 하는 일이다. 소림사로서도 결코 쉬운 일이 아니다.

그게 바로 멸마승이 나선 이유이기도 했다.

곧 무각이 갑자기 공양게를 읊기 시작했다.

"계공다소량피래처(計功多少量彼來處)라, 이 음식이 만들어지기까지 얼마나 많은…… 중생들이 공을 들였는지 생각하라."

불교에서는 밥 먹는 행위도 수행이다. 법도에 따라 무각이 공양게를 읊자 무승들이 합장 반배를 하며 공양의 예를 갖추었다.

"촌기덕행전…… 결응공(村己德行全缺應供)이니, 나의 덕행이 이 공양을 받을 만큼 온전하였는지 부족하지 아니하였는지 정직하게 생각하라. 방심이과(防心離過)……."

그러곤 공양게가 끝나자 무승들은 말없이, 소리도 나지 않게 면을 먹기 시작했다.

나한승 한 명이 무각의 식사를 보조했다. 무각의 입에 면 한 줄기를 넣어 주었다.

호로록.

무각은 아이처럼 면을 한 가닥씩 빨아 먹었다.

무각의 속도에 맞추기 위해서인지 소림사 무승들의 식사는 매우 천천히 이루어졌다. 때문에 지루하게까지 느껴진 정도였다.

이미 일각의 반이 훌쩍 지나갔다. 이러다가는 일각의 시간을 먹는 것만으로 소모하게 생겼다.

하지만 진자강은 옆에서 지켜보기만 할 뿐, 아무런 행동도 취하지 않았다.

면을 다 먹고 나면 곧바로 싸움이 시작될 터인데도 그러하다.

남궁걸은 이제 칼 갈기를 그만두고 헝겊으로 날을 닦기 시작했다.

그리고 얼마 지나지 않아 이 층에서 육하선이 내려왔다.

"으음?"

남궁걸이 힐끗 시선을 돌렸다가 흠칫했고, 임이언은 있는 대로 인상을 찌푸렸다. 안령도 육하선을 보곤 놀라서 입을 다물지 못하였다.

육하선은 조금 전까지 무인처럼 남장을 했었다.

그런데 지금은 싸움을 앞두고 오히려 있는 대로 치장을 하고 나왔다.

당장에 옷차림만 해도 달랐다. 팔이 드러난 조끼 모양의 반비(半臂)를 입고 긴 치마를 입었는데 심지어 그마저도 얇은 비단인 반투명한 사라(紗羅)가 겹겹이 둘린 모양이었다.

때문에 몸매뿐 아니라 아예 속이 연하게 비치는 건 물론이요, 계단을 내려올 때마다 언뜻언뜻 사라로 만들어진 치맛자락이 들리며 속살까지 드러나는 것이었다.

그뿐 아니라 진한 화장까지 했다.

얼굴에는 백분(白粉)을 발라 순수한 느낌이 들었고, 먹으로 눈썹을 길게 그려 가냘픈 느낌의 미대(眉黛)를 하였다. 이마에는 화전(花鈿)으로 마치 난이 피어나듯 세 줄기의 가느다란 붉은 선을 찍어 독특한 느낌을 주었으며, 뺨에는 홍분(紅粉)을 뿌려 수줍은 새댁처럼 불그스름한 뺨으로 만들었다. 입술에도 연지를 발라 유난히 입술을 반짝거리게 부각하였다.

굉장한 변모였다.

아까는 중성적인 외모였는데, 지금은 사람이 완전히 달라졌다. 마치 천상에서 내려온 선녀의 모습과 같았다. 왜 홍화선자로 강호에서 유명해졌는지 지금의 모습 하나로 충분히 설명이 되었다. 정말로 혼을 쏙 빼놓을 듯 아름다웠다.

눈빛까지도 묘해졌다. 남자는 물론이고 같은 여자인 안령마저 가슴이 설렐 만큼 사람을 끌어들이는 매력이 있었다.

아까의 모습이 빈 화선지였다면 지금은 그 화선지에 알록달록 색을 입혀 가을의 단풍을 그린 것처럼 변한 것이다.

겉보기에 이십 대 초중반으로 보이면서도 손비나 안령의 청초한 매력과는 다른, 그야말로 어른이 가질 수 있는 성숙한 매력이 담뿍 담겨 있었다. 누구라도 반하지 않고는 견딜 수 없을 것 같았다.

안령은 저도 모르게 중얼거렸다.

"너무 예쁘다……."

육하선이 눈웃음을 치며 눈꼬리를 살짝 올리자, 남궁걸조차 얼굴이 붉어지며 헛기침을 했다.

"으흠, 으흠! 거참. 뉘 집 처자인데 눈웃음 하나로 이 사람의 애간장을 녹이시는가."

남궁걸의 농에 육하선이 웃었다.

호호호호!

웃음소리도 아까와 달랐다. 부드러우면서도 옥구슬을 쟁반에 굴리는 것처럼 또랑거렸다. 소름이 돋으면서 어깨와 뒷목에 솜털들이 자르륵 일어났다.

물론 이것은 평범한 목소리가 아니었다.

내공이 담기어 있어서 사람의 심금을 흔드는 환락천의 발성법이다.

조용히 면을 먹고 있던 소림사 무승들의 인상이 험악해졌다.

하나 무승들은 말을 할 수가 없어 육하선을 노려볼 뿐이고, 정작 육하선에게 뭐라 한 것은 임이언이었다.

"고약한……. 내 손비를 먼저 내보내었으니 망정이지. 옷차림이며 행동거지가 참으로 천박하기 짝이 없구나. 큰 싸움을 앞두고 그러고 싶은 게냐?”

“제 옷차림과 행동이 어때서 그러시지요?”

말투마저도 크게 달라졌다.

“본디 여인은 근력으로는 남자를 당할 수 없는 법. 하나 여인에게도 여인만이 가질 수 있는 무기가 있답니다. 지금의 제 모습은 제가 최선을 다하였다는 증거랍니다.”

목소리가 간드러졌다. 남궁걸이 농으로 말했으나 정말로 사람의 애간장을 녹이는 목소리였다.

임이언도 안다. 육하선은 화장이며 옷차림이며, 짧은 시간이었지만 정성을 다하지 않은 것이 없다. 이것이 환락천의 싸움 방식에 가장 걸맞은 모습이다.

그러나 임이언은 육하선과 가는 길이 다르다.

임이언은 남자들과 순수한 힘의 무공으로 겨루려 하고 육하선은 여인으로서의 이점을 앞세운 무공을 무기로 쓴다.

그건 임이언이 가장 참을 수 없는 부분이다.

육하선이 간드러진 목소리로 권했다.

“어때요. 검후께서도 제게 화장을 배워 보시겠어요?”

임이언이 버럭 소리를 질렀다.

“닥치고 자리로 가거라! 간지러워서 네년의 목소리를 더는 들을 수가 없구나!”

"흐응."

육하선은 콧소리를 내며 사뿐사뿐 임이언의 옆을 스쳐 지나갔다. 심지어 육하선에게선 은은한 사향까지 풍겨 왔다.

임이언이 한마디를 더 하려고 하는데, 순간.

찌릿! 찌리리릿!

엄청난 살기가 객잔 안을 뒤덮었다.

이것은 진자강이 익히 겪어 왔던 정파 고수들의 살기와는 차원이 다른 것이었다.

죽음의 기운이 가득한, 진정되지 않은 거친 살기였다.

들끓는 용암에 수백 명의 살아 있는 사람을 집어던지며, 그들이 비명을 지르고 울부짖는 듯한 광경이 눈에 선히 그려지는 그러한 살기였다.

살기의 근원은 무각이다.

객잔 안의 무인들이 모두 무각을 쳐다보았다.

팔다리가 비틀리고 왜소한 체구의 무각인데, 그의 눈을 마주한 순간 주변은 전혀 보이지 않고 황금빛 눈동자 두 개만이 보인다.

이것은 진자강의 것과 마찬가지로 내공으로 정돈시킨 가공의 살기가 아니라 사람을 수없이 죽여서 배어 나온 날것의 살기였다.

무인들의 이목이 자신에게 집중되자 무각은 그제야 살기를 치우고 매우 화가 난 투로 말했다.

"공양 중에는 정숙이다……."

임이언이 즉시 사과했다.

"실례했습니다."

한데 진자강이 툭 던지듯 되물었다.

"여기가 절입니까?"

그 말이 누구에게 한 것인지는 말하지 않아도 뻔하다.

나한승들이 다시 진자강을 노려보았다. 무각도 작은 눈을 가늘게 뜨고 불쾌함을 드러냈다.

진자강은 아랑곳하지 않고 말했다.

"여기는 객잔입니다."

무각은 진자강을 노려보면서도 공양을 멈추지 않았다.

언뜻, 사람을 수없이 죽여 온 이가 밥 먹을 때의 규칙을 운운하는 것은 모순되어 보이기까지 했다.

그러나 그것은 외부에서 본 모습이다. 소림사는, 무각은 여전히 젊었을 때부터 지금까지 자신의 정의를 행하고 있을 뿐인 것이다.

선과 악, 정의와 불의를 구분하는 건 지금의 무각에게는 전혀 무의미한 일일 터였다.

호로록. 호로록.

무각은 쉴 새 없이 면을 빨아먹는 데에만 집중했다. 말이 없어 알 수는 없지만 제법 맛이 있는지 표정이 점차 풀어졌다.

드디어 무각의 그릇에 있던 면이 바닥을 드러내 간다.

면을 한 가닥씩 꾸준히 먹고 있으니 면이 얼마나 남았는지에 따라 일각의 시간이 얼마나 남았는지 충분히 예측이 가능하다.

슬슬 준비를 해야 할 때가 되었다.

남궁걸은 검을 검집에 넣지도 않고 시퍼런 검날을 드러낸 그대로 탁자 위에 올려 두었다. 손을 손잡이 앞에 두어 언제든 잡을 수 있게 했다.

육하선도 내공을 끌어 올리며 검을 허리쯤에서 들고 있었다.

함근도 이제 운기조식을 멈추고 자리에서 일어나 소민을 객잔 구석에 뉘어 놓고 준비했다.

임이언도 앉은 채 손을 탁자 아래로 내려 검을 쥘 태세를 취했다.

호로록…… 호로록…….

무각이 면을 한 가닥씩 먹어 치울수록 무인들의 손은 검의 손잡이에 점점 더 가까워져 갔다.

아무도 말이 없었다.

오로지 무각이 면을 빨아먹는 소리에 모든 무인의 신경이 집중되어 있었다.

호로록…….

남궁걸의 손가락 검지가 검의 손잡이에 닿았다. 이어 중지가, 그리고 엄지까지 손잡이에 붙었다.

육하선의 얇은 사라 비단이 나풀거렸다. 내공을 암암리에 최고조까지 끌어 올린 탓이었다.

함근은 객잔 벽에 기대서서 품에 검을 안은 채 눈을 감고 있었으나, 눈꼬리의 눈썹이 살짝씩 떨리는 걸 보면 그 역시 만반의 준비를 하고 있는 중일 터였다.

다만 안령은 소민을 돌보는 중이고, 진자강은 소림사 무승들과 약간 떨어진 곳에서 가만히 지켜만 볼 뿐이다.

호로록!

이제 남은 건 겨우 몇 가닥.

그런데 그때.

"……!"

진자강이 갑자기 고개를 돌렸다.

남궁걸과 임이언, 안령도 마찬가지였다.

소림사의 무승들과 함근을 제외한 나머지가 전부 고개를 돌려 바깥쪽을 쳐다보았다.

밖이 소란스러웠다.

군이 기감을 퍼뜨리지 않더라도 알 수 있을 정도로.

그러더니…….

곧 십수 명의 청년들이 객잔의 문을 박살 내면서 안으로 뛰어 들어왔다.

와지끈!

뿐만 아니라 객잔의 창틀을 도끼로 부수며 창을 넘어 들어오기까지 했다.

꽈장창!

들어온 이들만 이십 명이 넘는데 밖에서 인기척이 더 느껴지는 걸 보면 훨씬 많은 수가 뒤에 남아서 포위하고 있는 듯했다.

들고 있는 무기는 제각각이었다. 도끼부터 해서 쇠고랑이며 낫, 몽둥이까지…… 삼류 건달들이나 들고 있을 법한 무기들을 소지하고 있었다.

아니, 애초에 차림새나 험상궂게 보이려 일그러뜨린 얼굴만 봐도 삼류 무사 급이나 될까 말까 한 뒷골목 건달들 수준이었다.

그중 한 명이 외쳤다.

"우리는 백도 무림의 정기를 수호하는 아비앵화단이다! 독룡이란 놈이 여기 있느냐!"

남궁걸과 임이언, 안령과 함근은 어처구니가 없어 청년

들을 쳐다보았다.

"……."

최근 강호에서 온갖 난장을 피우고 다닌다는 아비앵화단이 왜 여기에?

도무지 이해하기 어려운 상황이었다.

남궁걸이 힐끗 보니 무각의 표정이 매우 굳어 있었다.

호로록…….

국수의 면은 이제 정말로 두어 가닥밖에 남지 않았다. 게다가 무각의 얼굴이 바들바들 떨리고 있었다.

남궁걸이 날벼락을 맞을지 모르는 청년들에게 조곤조곤 말했다.

"이보게들. 소란 피우지 말고 조용히 이곳에서 나가는 게 좋을 거야."

"뭣이?"

남궁걸이 눈짓으로 소림사 무승들을 가리켰다.

"웬 중들이……."

"소림사?"

"소림사가 있으면 우리…… 위험한 거 아냐?"

하지만 반발하는 쪽도 있었다.

"씨…… 물러서지 마. 우리는 강호의 정의를 지키기 위해 온 거야."

"그, 그래. 아무리 소림사라도 우리가 함께 있으면 어떻게 하지 못해."

젊은 혈기에는 못할 것이 없다. 특히나 자신들이 정의라고 생각하며 혈기가 끓어 집단으로 움직일 때에는 더욱 그러하다. 최근에 이미 수백 개가 넘는 중소 문파들을 굴복시킨 터라 기세가 잔뜩 올라 있었다.

"순순히 독룡을 내놓아라!"

"독룡을 내어 주지 않으면 정의회의 이름으로 모두 처단하……!"

마침내 참다못한 무각이 분노를 터뜨리며 일갈했다.

이 버르장머리 없는 애송이 놈드으을!

콰아아아아!

객잔 안을 무각의 목소리가 가득 메우며 마치 폭풍이 휩쓸고 간 듯 바람이 일었다.

펄럭.

청년들의 옷자락이 휘날리고 머리카락이 뻣뻣하게 섰다.

"……."

"……."

청년들은 입을 다물지 못하고 다리를 후들거리고 떨었

다. 한순간에 혼이 쑥 빠진 얼굴이었다.

"그, 그러니까……."

청년들이 순식간에 겁에 질려 어쩔 줄 모르고 있는데 밖에서 대기하던 수십 명의 청년들이 객잔 안으로 더 들이닥쳤다. 거의 팔구십 명에 가까웠다.

"무슨 일이야!"

"뭐야! 뭐가 어떻게 된 거야! 무슨 천둥소리가 났어?"

그리 크지 않은 객잔 안이 가득 들어찼다.

객잔은 다시 시장판처럼 소란스러워졌고 무각의 얼굴은 비틀린 몸만큼이나 더욱 일그러졌다.

소림사의 무승들이 눈을 부라렸다. 하나 아직 공양이 끝나지 않아 자리에서 일어나지 못하고 있었다.

객잔에 난입한 청년들은 무승들의 표정을 보고 흠칫했다.

그러나 자신들의 머릿수를 믿었는지 악다구니를 썼다. 특히나 뒤쪽에 있어서 소림사의 무승들이 보이지 않는 자들이 더욱 충동질했다.

"집먹지 마! 우리가 몇 명인데!"

"독룡을 내놔라! 내놓지 않으면 가만 안 둬!"

"열 받으면 소림사고 뭐고 다……!"

그때 육하선이 나섰다.

"이봐요, 소협들?"

"넌 또 뭐……, 어…… 어어? 소저?"

"뭐야. 어디서 여자 소리가 들려?"

"누구야. 이뻐?"

청년들을 진정시킨 것은 뜻밖에도 소림사 나한승들의 위압감이 아니라 미녀의 한 마디였다.

청년들은 악다구니를 쓸 때보단 조용해졌지만 오히려 더 시끄러워졌다.

"호호호! 소협분들, 이쪽으로 잠시 와 보시겠어요?"

육하선의 목소리가 낭랑하게 객잔 안을 울렸다. 청년들은 순간 가슴이 떨리는 걸 느꼈다. 육하선의 목소리는 교태가 흘렀고 옷차림은 색기가 넘쳤다.

이미 개중에는 음심이 넘쳐서 음탕한 표정으로 육하선의 위아래를 훑어보며 침을 삼키는 자들이 수두룩했다.

"어서…… 늦으면 저의 춤을 볼 수 없을 거예요."

청년들이 홀린 것처럼 육하선에게로 몰려갔다. 중도에 있던 임이언의 탁자를 치고도 아랑곳없이 지나가 임이언을 벌떡 일어나게 만들기도 했다.

임이언의 얼굴이 붉으락푸르락해졌다.

청년들이 육하선을 우르르 둘러쌌다.

"저리 비켜 봐. 안 보이잖아."

"나도 좀 보자."

소란 중에 안령이 진자강을 불렀다.

"독룡."

진자강이 안령을 쳐다보았다.

안령이 웃음을 참으며 말했다.

"손님들 왔는데, 면 삶아야지?"

진자강은 똥 씹은 얼굴로 안령을 째려보았다.

안령이 쿡쿡 웃었다.

그러나 상황이 마냥 재밌고 우스운 것만은 아니었다.

육하선이 아무런 이유 없이 환락천의 비술로 청년들을 현혹시키고 있는 게 아니다. 이미 무각은 육하선을 죽이겠다 경고한 마당이니, 육하선도 살아나가기 위해선 호락호락하게 당하진 않을 터였다.

지금이 육하선에게는 가장 유리한 상황이고 놓칠 이유가 없었다.

육하선은 아예 사라 비단을 흔들면서 탁자 위로 올라갔다. 이제 모든 청년들이 육하선을 볼 수 있게 되었다.

육하선이 춤을 추었다. 헐벗은 거나 다름없는 투명한 사라 비단이 살랑살랑 흔들릴 때마다 풍만한 몸매와 그 안에 감춰진 맨살이 치명적으로 드러났다.

홍화선자라는 별호답게 붉은 뺨이 더욱 고혹적이었다.

미(美)와 색(色)이 교묘하게 어울려 청년들의 시선을 사로 잡았다.

청년들은 계속해서 마른침을 삼키며 육하선의 춤을 지켜보았다. 육하선이 지닌 사향의 향내가 사라의 비단 자락을 따라 사방으로 퍼졌다. 점차 동공이 몽롱해지고 입을 헤 벌리는 자들이 늘어났다.

임이언이 이를 씹었다.

"미혼무(迷魂舞)……."

하늘거리는 사라 비단이 흔들릴 때마다 청년들의 시선이 비단 끝자락을 따라 움직였다. 대여섯 명의 고개가 따라가다가 열 명이 되고, 열 명이 스무 명이 되고 얼마 뒤엔 반절 이상의 청년들 고개가 동시에 좌우로 왔다 갔다 했다.

미혼무는 일종의 섭혼술이라 심지가 굳건하거나 내공을 끌어 올려 방비 중인 고수들에게는 잘 통하지 않는다. 하지만 무방비 상태로 미혼무를 접한 청년들은 순진한 먹잇감이나 다름없었다.

"호호! 제가 보고 싶으신가요? 저도 소협님들의 멋진 용안(容顔)을 한 분 한 분 뵙고 싶지만, 그럴 수 없어 아쉽네요. 우리…… 조금 더 은밀한…… 곳으로 옮길까요? 우리끼리만?"

"그, 그래 주십시오."

"그렇게 합시다!"

가까이에 있던 청년들은 완전히 현혹되어 열광적으로 호응했다.

육하선이 슬픈 얼굴로 말했다.

"하지만, 어쩌지요? 저 스님들이 저와 소협들을 가까이하지 못하도록 막고 있답니다."

청년들의 젊은 혈기가 펄펄 끓기 시작했다. 미혼무에 현혹된 청년들은 소림사의 나한승들을 죽일 듯이 노려보기 시작했다. 눈에 핏발이 섰다. 나한승들의 눈빛에도 두려움을 느끼지 않았다.

육하선이 애처로운 표정으로, 그래서 보는 사람마저 저절로 안쓰러운 마음이 들게 만드는 투로 부탁했다.

"부탁드릴게요. 소협님들. 저를 도와주시겠어요?"

청년들은 완전히 광기에 휩쓸렸다.

"물론이오!"

"으와아아!"

"소저를 구해라!"

"중놈들을 쳐 죽여!"

아직 미혼무에 완전히 당하지 않은 청년들도 분위기를 거스를 수 없었다. 몇몇이 거부감을 느끼고 물러나려 했지만 집단에서 완전히 빠져나갈 용기는 없었다.

"죽여! 죽여!"

"소저를 지켜라!"

객잔은 시장 한복판보다도 더 소란스러워졌다.

호로록…….

무각은 그 와중에도 국수 먹기를 멈추지 않았다. 공양은 완전히 깨끗하게 비워야 한다. 그리고 이제 마지막 한 가닥이 무각의 입가로 들어가고 있었다.

그때 육하선이 청년들이 아닌 남궁걸이나 임이언 등의 무인들에게 전음을 보냈다. 진자강도 육하선의 전음을 받았다.

『곧, 준비하세요.』

진자강이 시선을 돌리다가 남궁걸과 눈이 마주쳤다.

남궁걸이 진자강에게 은밀히 말했다.

"환락천주가 미혼무에 환희정녀(歡喜情女)를 사용하지 않았네."

환희정녀는 춘약보다 몇 배나 더 강력한 환락천의 독이다. 미혼무와 함께 사용되어, 남자든 여자든 일단 걸리면 도저히 헤어 나올 수 없는 극락의 세계에서 허우적거리다가 죽는다.

옆에서 듣고 있던 안령은 그게 무슨 의미인지 몰라 남궁걸에게 설명을 요구하는 눈빛을 보냈다.

남궁걸은 검을 꽉 말아 쥐고 천천히 일어서며 말했다.

"아까 무각 선사의 사자후(獅子吼)를 들은 것 기억나나?"

"네."

"소림사의 사자후는 기본적으로 파마멸사(破魔滅邪)의 기운이 어려 있다네. 섭혼술을 파훼하지."

"아⋯⋯!"

일부러 독을 사용하지 않음으로써 멸마승 무각의 사자후를 유도하고 있다는 뜻이다.

소림사의 입장에서도 죽음을 불사하고 달려드는 백 명 가까운 수의 청년들을 일일이 쳐 내긴 부담스럽지 않겠는가. 사자후로 단번에 제압하는 편이 훨씬 가쁜하다.

"무각 선사가 사자후를 사용할 때⋯⋯ 그때가 기회다."

진자강은 무각 선사가 얼마나 강한지 모른다. 그러나 쩌렁거리는 사자후를 사용하는 걸 보면 여전히 막대한 내공이 남아 있음을 알 수 있었다.

남궁걸은 무각의 몸이 불편하니 여러 동작은 무리라, 사자후로 내공을 뿜어내는 사이 빈틈이 생길 거라고 보는 것이다.

그런 생각을 한 건 남궁걸뿐만이 아니었다.

전음을 받은 임이언과 눈을 감고 있던 함근도 살짝 고개를 끄덕여 육하선의 전음에 답하고 있었다.

청년들이 기회를 만들면 일순간에 그들의 무공이 폭발하듯 소림사의 무승들을 향해 펼쳐질 것이다.

어차피 무각은 생사부에 적인 이들을 모두 죽일 생각이었다. 무승들을 상대하며 조금도 손에 사정을 둘 필요가 없었다.

안령은 긴장한 가운데에서도 마음이 놓였다.

'잘하면 살아 나갈 수도……'

다만 진자강의 생각이 문제다. 진자강은 아까부터 무슨 생각인지 전혀 움직이지 않고 있었다. 사태를 주시할 뿐이다.

임이언은 벽에 붙어서 안령 쪽으로 가까이 가 검을 서서히 치켜들었다. 그러곤, 안령에게 자신의 뒤에 있으라 손짓했다.

육하선이 객장 안의 상황을 모두 지켜보며 미소를 지었다.

자신의 뜻이 전해졌으니 이제 승부를 걸 때가 되었다.

"가장 먼저 저를 구해 주시는 분께…… 둘만의 시간을 함께할 상을 드릴 거랍니다. 따라서 저와 소협님들의 사이를 방해하는 사람들은……."

호로록!

마지막 한 가닥이 무각의 입에 모두 들어갔다. 소림사의 무승들이 합장을 하며 공양을 마쳤다.

동시에 육하선이 쐐기를 박듯 살기를 품고 말했다.

"모두 죽여도 좋아요."

동시에 청년들이 고함을 지르며 소림사의 무승들을 공격해 갔다.

"와아아아!"

드르륵!

금강승 둘과 나한승 다섯이 의자를 밀며 일어났다. 거대한 체구와 단단한 몸집이 태산 같았다. 그러나 이미 눈이 돌아간 청년들에게는 아무것도 보이지 않았다. 청년들의 눈이 살기로 시뻘게졌다.

안령이 볼 때 상황은 나쁘지 않았다.

아까까지는 소림사가 수적으로도 우위였으나 이제는 모두가 공동의 연합이 되어 소림사를 공격하는 모양새로 바뀌었다. 일 대 다의 싸움인데, 거기다가 미혼무에 휩쓸린 방패막이들까지 다수 있으니 해 볼 만하다.

그때 금강승이 가마의 무각을 들어 안았다. 비틀린 목을 힘겹게 옆으로 까딱거리며 무각이 혀를 찼다.

"아둔한 중생들."

남궁걸과 임이언, 육하선의 눈빛이 빛났다.

무각이 움직인다!

임이언이 눈을 가늘게 뜨고 검을 힘껏 쥐었으며, 남궁걸도 자세를 낮추며 뛰어들 준비를 했다.

동시에 함근도 눈을 떴다. 자줏빛 자하기가 광채를 냈다. 엄지를 튕기자 품에 안고 있던 검집에서 검이 한 마디가량 뽑혀 나왔다.

챙!

무인들의 생각을 읽었는지 나한승 다섯과 금강승 한 명이 무각의 앞을 병풍처럼 서서 막았다.

"우와아아!"

"이야아아!"

청년들이 온갖 무기를 휘두르며 부딪쳐 갔다.

금강승과 나한승들은 철포삼으로 몸에 갑옷을 두르고 청년들을 향해 주먹질을 해 댔다.

우득, 빠직.

소림사의 무승들에게 맞은 청년들은 머리통이 깨지고 뼈가 부러졌다. 그래도 청년들은 부나방처럼 계속해서 달려들 뿐이었다. 쓰러진 이들을 밟고, 그 위로 올라서서 또 덤벼들었다.

그사이, 무각을 안은 금강승이 진각을 힘껏 밟았다.

쿵!

무각을 안은 금강승이 힘껏 뛰어올라서 그대로 청년들의 머리 위로 넘어갔다.

"엇!"

전혀 예상 밖의 움직임이었다.

금강승은 오히려 청년들의 한가운데로 뛰어들었다. 청년들은 눈이 시뻘게져서 금강승을 향해 무기를 마구 휘둘러 댔으나 금강승은 철포삼으로 날붙이를 모두 튕겨 냈다.

쨍! 쨍쨍!

때문에 임이언과 남궁걸, 함근 등은 공격하기가 애매해졌다. 무각이 청년들의 사이에 뛰어들었기 때문에 청년들이 오히려 무각의 방패가 되고 있었다.

무각을 안은 금강승이 난타당하면서 무릎을 꿇었다. 머리며 등짝에 무수한 날붙이가 쏟아져 내렸다.

돌연 객잔 안의 공기가 매우 무거워지며 끈적끈적한 늪의 진흙이 가득 채워져서 흐르는 느낌이 들었다.

곧 늪의 진흙들이 한 곳으로 응축되기 시작했다. 마치 소용돌이처럼 한 곳으로 휘돌았다.

착각이 아니었다. 실제로 청년들의 옷자락이며 머리칼이 금강승의 방향으로, 정확히는 금강승에게 안겨 있는 무각을 향해 빨려들듯 휘날리고 있었다.

구우우우!

소용돌이가 점점 심해졌다. 옷자락들이 마구 나부끼며 청년들이 무각에게로 끌려가기 시작했다.

그그극거리며 객잔 안의 탁자며 의자 등이 같이 끌려갔다.

무각과 금강승은 순식간에 청년들에 뒤덮여 보이지도 않게 되었다. 객잔의 가운데에 사람들이 덮어서 만든 작은 동산이 생겨났다.

남궁걸은 끌려가지 않도록 천근추로 발을 바닥에 고정시키고 눈을 부릅떴다.

안력을 최대로 돋워 무각과 금강승을 뒤덮은 청년들의 틈으로 무각의 움직임을 보기 위해 애썼다. 순간, 청년들의 다리 사이로 무각의 오른팔이 금강승의 품에서 나오는 게 보였다.

무각의 비틀린 팔이, 검지가 앞으로 튀어나와 바닥을 짚었다.

남궁걸이 소리쳤다.

"모두 조심하거라!"

객잔 안의 공기가 갑자기 잠잠해졌다.

남은 금강승과 나한승들이 갑자기 몸을 뒤로 돌리며 철포삼을 펼치고 웅크렸다.

안령은 무슨 일이 벌어지는가 싶어 눈을 크게 떴다.

"어?"

갑자기 객잔 안의 공기가 마구 요동쳤다.

그리고 폭발이 일어났다.

퍼— 어— 엉!

무각으로부터 시작된 폭발로 인해 주변에 몰려들어 있던 청년들이 모두 사방으로 날려졌다.

임이언과 남궁걸 등은 날아드는 청년들을 받아 내 떨구거나 몸을 피했다. 몇몇 청년들은 그들을 지나쳐서 날아가 벽에 처박혔다.

함근은 날아오는 청년들이 소민을 해치지 못하도록 금나수로 잡아 방향을 바꿔서 던져 버렸다.

쾅! 와지끈!

청년들과 객잔 안의 기물들이 뒤엉키며 부서지고 난리가 났다. 난간이 부러지고, 계단이 박살났다.

흔들흔들.

지진이 난 것처럼 객잔의 기둥들이 흔들리며 이 층과 지붕이 크게 진동했다.

금강승이 무각을 안고 일어섰다.

그가 있는 바닥만 멀쩡했다. 나머지는 바닥이 모두 깨지고 버서 나가 움푹 패어 있있다.

무각과 무각을 안은 금강승을 중심으로 수십 명의 청년들이 펼쳐진 부채처럼 대자로 뻗어 나자빠져서 굴러다녔다.

청년들의 몰골은 처참했다.

"으아……."

"으으으……."

팔다리가 정상적이지 않은 방향으로 꺾이고 부러졌으며 부서진 나뭇조각에 몸이 박혀 피투성이가 되었다. 머리가 터지거나 늑골이 함몰되고 내장이 터져 생사를 알 수 없어 보이는 청년들도 꽤 있었다.

무각은 청년들의 생사 안위를 조금도 고려하지 않고 일 거에 쓸어버린 것이다!

운이 좋아 멀쩡한 청년들도 열댓 명은 되었으나 하나같 이 얼이 빠진 얼굴로 덜덜 떨고 있었다. 도망갈 생각도 하 지 못하고 죽거나 상처 입은 동료들 가운데에서 주저앉아 있기만 하였다.

무각이 말했다.

"일각 지났다."

남궁걸이 인상을 쓰고 말했다.

"아무것도 모르는 철부지 아이들에게 손속이 지나치십 니다!"

"사자후의 배려를 기대했느냐?"

무각이 되묻곤 이빨을 딱딱 부딪치면서 웃었다.

"그건 섭수종의 방식이지. 이게 절복종의 방식이다."

안령의 표정이 참담해졌다.

"아무리 그래도 이건 좀…… 너무하잖아요."

"태풍이 불면, 뿌리 깊은 나무도 쓸려 나간다. 하물며 쭉정이는 자연히 쓸리게 되어 있느니라. 파괴의 흔적과 쭉정이들은 중요하지 않다. 중요한 건 태풍의 진로이니라."

무각이 금강승에게 명령했다.

"읊어라!"

무각을 안고 있는 금강승이 무뚝뚝한 표정으로 무인들 한 명 한 명을 쳐다보며 말했다.

재이검객 남궁걸의 천공신검(天空新劍).

검후 임이언의 연용사애검(燕勇斜崖劍).

매화검수 함근의 매화삼절(梅花三絕).

홍화선자 육하선의 압정도(押釘刀).

소봉 안령의 무예칠기(武藝七技).

무각이 말했다.

"ㄱ 성노넌 나들 상내해 볼 반하나 생각하였을 것이다. 하나 그게 얼마나 어리석은 생각이었는지 오늘 똑똑히 깨쳐 주겠노라."

자신의 이름을 들은 무인들의 얼굴에 그늘이 졌다. 소림사가 자신들의 내력을 알고 있다는 건 대응할 방법이 있다는 자신감의 발로였다.

육하선은 바닥에 떨어져 있던 도 한 자루를 집어 들었다.

"부러 검을 들고 다녔는데도 소용이 없군요."

육하선은 검을 지녔고 독을 썼지만 실제 최고의 절기는 도법이었다.

안령도 마찬가지였다. 강호에서 드러나게 활동할 때에는 검이나 도 등의 병기를 사용했었다.

하여 몇몇은 안령이 관부의 무예육기를 사사한 게 아닌가 하는 추측도 했었다. 무예육기는 창, 도, 봉, 등패 등을 다루는 관부의 무술이다. 하나 무예칠기는 거기에 한 가지가 더해진 황궁의 무공이었다.

가공할 신력과 그 신력을 바탕으로 하여 맨손으로 사람을 졸라 죽이는 백수류(白手劉).

황궁 내의 암투가 극심했던 시절. 피를 흘리거나 흔적을 남기지 않도록 소리 없이 사람을 죽이기 위해 사용된 무공이다. 금강승을 죽일 때 사용했던 것이 바로 백수류였다.

거기까지 알고 있다면 밑천이 다 드러난 셈이다. 안령은 입맛을 쩝 다시며 주먹을 꽉 쥐었다가 폈다 하면서 우둑우둑 소리를 냈다.

그러다가 문득 생각이 나 물었다.

"잠깐만요. 그런데 왜 독룡에 대해서는 아무 말이 없는 거죠?"

금강승의 시선이 진자강을 향했다.

무인들은 저도 모르게 진자강을 주목했다. 과연 금강승은 진자강에 대해 뭐라 말할 것인가.

강호에 알려진 건 진자강이 독과 암기를 쓴다는 것, 특히나 주로 탈혼사를 이용한 수법들을 쓴다는 정도였다. 그러나 그 원류의 무공들에 대해서는 밝혀져 있지 않았다.

금강승이 말했다.

"운남 약문."

뒷말은 무각이이었다.

"……외 다수."

통일된 한 가지 유파의 무공이 아니라, 한마디로 잡스럽게 무공을 배웠다는 뜻이다.

진자강은 늘 자신보다 강한 상대와 싸웠으므로 한 가지를 주력으로 사용할 수 없었다. 상황에 따라 가장 적당한 무공을 써야 했다. 오히려 그것이 지금 진자강의 정체성이 되었다.

짝, 짝, 짝.

진자강이 박수를 쳤다.

"소림사는 정말로 많은 걸 알고 계시는군요."

금강승이 몸을 돌려서 무각이 진자강을 볼 수 있도록 했다.

무각이 비틀린 목으로 이빨을 부딪치며 웃었다.

"천하에 소림이 모르는 일은 없도다."

하지만 진자강이 그 말에 냉소했다.

"아아, 그렇습니까?"

"무슨 뜻이냐?"

진자강이 한 마디씩 끊어 답했다.

"정 · 법 · 행!"

무인들이 무슨 말인가 하여 진자강과 무각을 번갈아 보았다. 무각도 궁금했는지 물었다.

"무슨 말이 하고 싶은 게냐?"

"나무에 썩은 열매가 있다면 썩은 열매를 따 버리면 될 것입니다. 썩은 가지가 있다면 썩은 가지만 쳐 내면 될 것입니다. 썩은 뿌리가 있다면 썩은 뿌리만 도려내면 될 것입니다."

진자강이 말을 이었다.

"그럼에도 나무를 통째로 뽑아 버리겠다는 이유가 무엇입니까. 남들의 지탄을 감수하면서까지 정법행에 나선 이유가 무엇입니까."

진자강의 비웃음이 짙어졌다.

"결국 썩은 곳을 찾지 못한 때문이겠지요. 아니 그렇습니까?"

무각의 얼굴이 벌게졌다. 언뜻 그것은 화가 난 것 같으면서도 부끄러운 표정처럼 보였다.

진자강이 다시 한번 다그쳤다.

"섭수종이 실패하여 절복종이 나섰다……. 그것은 결국 섭수종이 썩은 데를 못 찾은 때문에 절복종이 나선 것 아닙니까?"

무각이 돌연 크게 웃었다.

으하하하하!

내공이 실린 사자후에 바닥에 쓰러져 있던 청년들의 신음이 더욱 심해졌다.

"끄으윽."

"사, 살려 줘……."

그러나 무각은 그에 아랑곳하지 않고 진자강에게 외쳤다. 얼굴은 벌게져 있었으나 비틀린 입이 웃고 있었더.

"너 이노옴! 정말 재밌는 놈이로구나! 나를 격장지계로 이끄는 걸 보니 궁금한 게 있는 모양이도다. 단 하나! 죽기 전에 단 하나의 질문을 허락하마!"

진자강이 기다렸다는 듯 물었다.

"소림사는…… 어디까지 알고 있습니까?"

무각의 눈썹이 일그러졌다.

"거의 모든 것을 알고 있지."

"거의 모든 것?"

미묘한 어감이었다.

무각이 기괴한 얼굴로 웃었다.

"그래. 하지만 결정적인 건 모른다."

남궁걸과 임이언, 함근 등이 진자강을 쳐다보았다. 진자강은 아무래도 자신들이 알고 있는 것보다 더 많은 걸 알고 있는 듯했다.

진자강은 그 정도면 됐다는 듯 고개를 끄덕였다.

"그럼 경우에 따라 이번엔 정법행을 중지시킬 수도 있다는 뜻이군요."

"네 녀석이 할 수 있겠느냐?"

"해 봐야 아는 일입니다."

"정법행을 멈출 수 있는 유일한 방법은 원인을 제거하는 것뿐이다, 애송아. 하지만 소림이 하지 못한 일을 네가 할 수 있겠느냐? 맹주 역시도 하지 못한 일을?"

안령이 외쳤다.

"아니, 도대체 지금 무슨 말들을 하고 있는 거예요?"

무각이 부들부들 떨리는 손가락을 들어 진자강을 가리켰다.

　"증명하거라……."

　진자강이 고개를 끄덕였다.

　"해 보이지요."

　무각이 딱딱거리며 웃었다.

　"증명하지 못하면 팔다리 없이 턱으로 염왕의 앞까지 기어가게 될 것이니라."

　이어 무각이 뒤에 한 말은 진자강을 포함한 다른 무인들을 향한 것이었다.

　"자아, 다들 부처님 만나러 가자꾸나."

第四章
성불도(成佛圖)

　무각이 객잔 중앙에서 힘을 쓴 탓에 청년들은 죄다 벽 쪽으로 밀려나 있는 상태.

　묘하게도 객잔의 가운데는 텅 비어 있었다.

　싸우기에 넓지는 않으나 좁지도 않았다.

　소림사는 무각과 금강승 둘, 나한승 다섯.

　무각이 금강승에게 안겨 있으니 실제 싸울 수 인원은 여섯 명이나.

　진자강 쪽도 혼절해 있는 소민을 제외하고 마찬가지로 여섯이었다.

　게다가 겉으로만 보면 이쪽이 나한승들보다 훨씬 상위의

고수들이었다.

문제는 무각이라는 미지의 거력을 가진 존재.

"자리를 만들어라."

무각의 명령에 무각을 안은 금강승은 물론이고 나한승들
도 조금씩 더 물러서서 객잔 가운데를 비웠다. 아직 남아
있는 청년들의 시체도 옆으로 치워 버렸다.

남궁걸이 진자강을 힐끗 쳐다보았다. 다른 무인들이 싸
울 준비를 하고 나오는 데 비해 진자강은 여전히 한발 물러
서 있다.

"뭐 하나?"

진자강이 답했다.

"제가 끼어야 합니까?"

"지금은 아니지만…… 때가 되면?"

"하면, 먼저 시작하셔도 됩니다."

진자강을 지켜야 하는 남궁걸과 육하선의 표정이 떨떠름
해졌다.

"연장자를 너무 부려 먹는군."

"아직 풀리지 않는 점이 있습니다."

"방금 증명인가 뭔가 한다더니 그런 건가?"

"모르겠습니다."

진자강이 청년들을 돌아보았다.

"으으으……."

"흐윽…… 살려 줘……."

벽에 처박히고 날려져 고통에 몸을 뒤흔들며 신음을 내질러 대는 청년들.

고수 하나 섞여 있지 않은 자들이 왜, 무엇 때문에 소림사가 지키고 있는 하남으로 왔는가.

아무래도 이상하다는 생각이 들지 않을 수가 없는 것이다.

안령이 진자강에게 말했다.

"이번 싸움이 끝나면, 아마 우리 할 얘기가 많을 것 같아."

진자강이 안령을 쳐다보았다.

안령이 다시 말했다.

"알아 알아. 만약에, 둘 다 살아 있다면. 그렇게 말하고 싶은 거지?"

"나는 살아 있을 겁니다만."

안령이 씨, 하고 입을 삐죽였다.

"그래. 나, 내 얘기 하는 거야. 내가 살아 있다면!"

그사이, 임이언이 앞으로 나섰다.

"잡소리가 길어지니 이곳이 강호인지, 장터인지 모르겠구나. 소림사에서는 누가 먼저 나의 검을 받겠소이까."

임이언은 무각을 향해 거침없이 걸어갔다.

금강승의 품에 안겨 있는 무각이 꺾여 있는 고개로 쳐다 보며 웃었다. 임이언의 입이 비틀렸다. 내공을 끌어 올리고 고도로 집중한 탓에 머리카락이 위를 향해 나풀거렸다.

임이언이 검 끝을 아래로 하고 걸어가자 검 끝이 지나갈 때마다 바닥에서 픽픽하면서 구멍이 패며 먼지가 피어올랐다. 살기가 형상화된 검기로 드러나고 있었다. 임이언의 표정은 오싹할 정도로 냉기가 풀풀 날렸다.

무각이 불렀다.

"담곡…… 나가거라."

나한승 중 한 명인 담곡이 나섰다.

담곡이 도를 반으로 뚝 분지른 것 같은 대계도를 뽑아 들고 임이언을 마주했다. 임이언은 금강승도 아닌 나한승이 나온 데에 꽤나 불쾌한 듯한 표정을 지었으나, 이내 냉정한 표정으로 돌아왔다.

임이언은 눈을 아래로 내리깔고 담곡은 임이언을 똑바로 칙시하며 객잔의 가운데 팬 자리를 중심으로 크게 원을 그리며 돌기 시작했다. 임이언의 칼끝 아래에서는 계속해서 날카로운 예기가 픽픽거리고 튀어나오며 바닥을 뚫고 있었다.

조금씩 거리가 가까워졌다. 열 바퀴 정도 돌았을 즈음엔 임이언과 담곡이 검과 도를 뻗었을 때 아슬아슬하게 닿을 정도로 가까워져 있었다.

순간 임이언이 바닥으로 내리깔고 있던 눈을 들었다. 호랑이처럼 동그랗게 치켜뜬 담곡의 눈과 임이언의 서릿발 어린 차가운 눈이 마주쳤다.

"허잇!"

담곡이 대계도를 들어 크게 휘둘렀다. 임이언도 마주 검을 휘둘렀다.

챙! 챙!

두어 번 서로의 검과 도가 맞붙었다가 떨어지던 순간, 임이언이 검을 허리께로 들었다가 번개처럼 팔을 비틀며 앞으로 검을 찔러 넣었다. 아까부터 삐죽삐죽 튀어나오고 있던 검기가 마음껏 몸을 펼쳤다. 막 부화한 용이 용틀임을 하듯 검기가 꿈틀거리다가 한순간에 튀어나왔다.

담곡이 대계도를 위에서 아래로 그으며 정면으로 맞섰다. 임이언의 검기가 대계도에 맞고 영롱한 소리를 냈다.

쩡!

검기와 대계도가 엉키어 서로를 긁어 댔다.

끼이이익! 끼익! 끼익!

대계도의 재질이 보통의 것이 아닌 듯, 불똥을 튀기면서도 거의 흠집이 나지 않았다.

"흥!"

임이언이 코웃음을 치며 자세를 바꿨다. 검의 손잡이를 바짝 당겨 쥐고 팔을 쭉 뻗어서 여덟 팔(八) 자로 크게 휘둘렀다. 마치 도끼로 장작을 패는 듯한 자세였다.

담곡도 마보로 자세를 낮추고 대계도를 비스듬히 들어 임이언의 검을 비껴 냈다.

캉! 캉!

임이언의 팔이 더 빨라졌다. 오른팔이 거의 여섯 개, 여덟 개로 보였다.

카카캉! 카카캉!

임이언이 정신없이 몰아붙였으나, 담곡 역시 한 걸음도 물러서지 않고 제자리에서 버텼다. 마룻바닥이 조금씩 깨지며 담곡의 발이 파묻히기 시작했다.

담곡이 공격을 받아 내면서 왼발을 들어 임이언의 앞발 발등을 밟았다. 임이언이 발을 좌우로 벌리며 피했다.

콰직! 담곡의 발이 마룻바닥을 뚫고 박혔다. 임이언이 담곡의 허벅지를 밟고 뛰어오르며 양발로 가슴을 밀어 찼다.

"허업!"

담곡이 가슴을 오히려 펼치며 철포삼을 두르곤 기합을 질렀다.

퍼퍼펑!

가슴을 얻어맞은 담곡의 몸이 크게 진동하며 반 걸음 정도를 밀려났다. 바닥이 으깨지고 부서지면서 밀려난 자국이 남았다.

임이언은 허공에서 공중제비를 돌며 위에서 아래로 담곡의 정수리에 검을 쑤셔 넣었다. 담곡이 한 손을 대계도의 면에 대고 위로 들어 올려 막았다.

키이잉!

임이언의 검이 대계도에 막혀서 진출하지 못하고 위에서 내리누르는 힘에 의해 거의 활처럼 휘었다.

팅!

검이 펼쳐지는 탄력으로 임이언이 뒤로 튕겼다. 담곡이 일기가성으로 기합을 지르며 대계도를 던졌다.

"크아압!"

대계도가 회전하며 임이언을 향해 날아갔다. 임이언이 공중에서 재도약하며 몸을 여러 번 뒤틀었다.

콰지끈!

대계도가 임이언을 스쳐 지나가 객잔의 이 층 안쪽 난간과 방들의 벽면을 부수고 날아갔다. 뒤쪽의 나한승이 담곡에게 대계도 한 자루를 던져 주었다. 담곡이 대계도를 머리 위로 받아들고 훌쩍 뛰어올라 공중에서 임이언과 일합을 주고받았다.

채챙! 채채챙!

임이언은 연용사애검을 적극적으로 펼쳤다. 제비가 깎아지른 듯한 벼랑을 날아다니는 모습에서 착안되었다는 검공의 이름처럼, 임이언의 검은 빠르고 날렵했다.

그에 비해 담곡의 대계도는 움직임이 극히 드물어 묵직한 느낌이 있었다. 손목과 팔목, 어깨의 각도만을 이용해 최소의 움직임으로 방어와 공격을 동시에 해내고 있었다.

공중에서부터 지상에 착지할 때까지, 임이언과 담곡은 거의 수십 번 검과 도를 휘둘렀다.

착지와 동시에 담곡이 대계도의 칼등으로, 바깥쪽을 향해 휘두르며 임이언의 검을 쳐 냈다. 임이언의 검이 살짝 돌며 검면이 대계도의 도면에 붙였다.

담곡의 눈썹이 움찔했다. 담곡이 팔을 흔들어 임이언의 검을 떨구려 했다. 그러나 임이언의 검은 아교라도 붙인 것처럼 착 달라붙어서 떨어지지 않았다. 그렇다고 담곡이 마음대로 팔을 뺄 수 있는 것도 아니다. 그리하면 그대로 임이언의 검이 따라와 가슴을 관통할 것이다.

일전에 임이언이 진자강에게 보여 준 수법이다. 이대로 임이언이 팔을 틀면서 손목에 힘을 주면 대계도가 튕겨 나갈 터였다.

임이언의 눈빛이 번쩍 빛났다.

그때 무각이 소리쳤다.

"부동(不動)!"

담곡이 눈을 크게 치켜뜨고 힘껏 진각을 밟으며 힘을 모았다. 바닥이 깨지며 둥글게 터져 나갔다. 동시에 임이언의 검이 진동했다.

꽝!

두 개의 소음이 하나인 것처럼 거의 동시에 났다.

하나 튕긴 건 오히려 임이언의 검이었다.

파르르르르!

임이언의 검이 심하게 떨리고 있었다. 담곡의 손도 떨렸다. 그러나 대계도를 앞으로 들고 있는 그대로인 채다. 무각의 조언을 들은 담곡이 임이언의 수법에 반격한 것이다.

그 순간.

담곡의 앞에 거대한 덩어리가 뚝 떨어져 내렸다.

가뜩이나 큰 덩치인 나한승 담곡이 완전히 가려질 정도다.

금강승. 그리고 그의 품에 안겨 있는 무각.

무각의 떨리는 손이 품에서부터 뻗어 나와 임이언을 향했다.

임이언은 대경하여 아직 진성되지 않아 날뛰는 섬에 억지로 검기를 담아 휘두르며 전면에 검광을 잔뜩 불러냈다. 연용사애검이 한껏 펼쳐졌다.

무각의 손가락이 번뜩대는 검광을 짚었다.

적막과 함께 모든 소리가 죽었다.

검광도, 검에서 피어나온 기운도, 모두가 한순간에 밑으로 뚝 떨어져 내렸다.

퐈 아 앙!

바닥이 완전히 박살이 나서 으깨져 있었다. 딱 사람 하나가 서 있을 만큼의 공간이었다. 소름이 끼칠 정도의 막대한 공격력이 아닐 수 없었다.

만약 거기에 임이언이 서 있었다면 임이언은 피떡이 되어 있었을 터였다.

"크윽……."

임이언의 안색이 살짝 변했다. 무각의 막대한 내공에 검기가 뚝 끊기면서 살짝 내상을 입었다.

무각을 안은 금강승은 할 일을 했다는 듯 뒤로 훌쩍 물러났다.

임이언은 여전히 진동하며 흔들리는 검을 크게 한 번 털어 내어 진정시켰다. 그러곤 노한 목소리로 외쳤다.

"후배의 싸움에 끼어들다니! 비겁하외다!"

무각은 대꾸도 않고 웃었다. 애초에 비무가 아닌 죽이기 위한 싸움이라는 뜻이다.

틈을 보고 있던 남궁걸이 육하선과 눈짓을 주고받다가 뛰어들었다.

"선사께서 한 손을 거들었으니 이쪽에서도 한 손을 더해야겠소이다!"

무각이 명했다.

"담운. 나가거라."

소림사 쪽에서도 무각의 명령에 따라 나한승 담운이 가세했다.

남궁걸은 검의 명가인 남궁가에서도 손꼽는 고수다. 나한승은 그에 비하면 격이 떨어지는 면이 있다. 그러나 방금 나한승이 무각의 한 마디로 임이언을 당황하게 한바, 남궁걸은 방심하지 않았다.

남궁걸은 담운이 장내에 들어오기 전에 바로 담곡부터 몰아붙였다.

천공신검.

비어 있는 하늘에 대고 자유로이 마음껏 검을 휘두르듯, 상대의 움직임을 개의치 않고 홀로 검초를 이어 가는 검법이다.

사라탕! 남궁걸은 밀두와 달리 매서운 눈빛으로 연이이 초식을 펼쳤다. 담곡이 아무리 막고 흘려 내어도 개의치 않았다. 심지어 중간에 초식이 끊겨도 다음 초식이 자연스레 이어져 나왔다.

담운이 뒤늦게 합류해 주먹질을 해 댔다. 남궁걸의 검이 원래 그러려고 했던 것처럼 옆에서 끼어드는 담운의 팔뚝을 훑고 지나갔다.

삭! 사악!

하지만 담운의 팔뚝에는 질긴 가죽 토시[套手]가 감겨 있어서 팔이 잘리지 않았다. 무각이 노린 바가 분명했다.

무각이 다시 한 마디를 더했다.

"무상(無常)!"

담운이 검을 향해 오히려 한 걸음 한 걸음을 전진하기 시작했다. 턱! 턱! 발소리를 내며 나한보의 보법으로 굳건하게 밀고 들어왔다. 자신의 팔을 베라는 듯 가죽 토시를 검에 내어 주며, 검을 팔뚝으로 치고 붙이고 눌렀다. 마치 남궁걸이 아니라 검과 싸우는 듯한 모양새였다.

그러나 그것은 천공신검에 꽤 효과가 있었다. 남궁걸의 검은 별다른 치명상을 입히지 못하고 계속해서 토시를 베는 꼴이 되고 있었다.

"흠."

시간을 끌리면 무각이 갑자기 나타날 수 있다. 남궁걸은 깊이 들어가지 못하고 다소 공세를 줄였다.

이에 호흡을 가다듬은 담곡이 개입하여 이 대 일이 되었다. 남궁걸은 둘을 상대하면서도 크게 밀리지 않았으나 공격이 내내 담운에게 막혀 별다른 효과를 보지 못했다.

"여기도 있다!"

임이언이 가세하여 연용사애검을 펼쳤다. 빠른 제비처럼 임이언의 검이 담운의 다리를 베어 갔다. 담운이 무릎에 살짝 검상을 입고 절뚝대며 물러났다.

그러나 임이언도 공격을 이어 가지 못했다. 혹여나 갑자기 무각이 끼어들까 봐 무각의 눈치를 보지 않을 수 없었다.

남궁걸이 바로 들어가서 담운의 복부를 찔렀다. 담운이 철포삼을 펼쳐 막았다.

그그극!

남궁걸의 검 끝이 담운의 의복 외피를 찍으며 한 치 정도 들어갔다. 담운은 큰 상처를 입지 않았으나 남궁걸과 직접 상대하기에는 부족함이 드러났다.

담곡이 남궁걸의 옆구리를 어깨로 들이받았다. 남궁걸은 담곡의 어깨를 짚으며 몸을 핑그르르 돌려 뒤로 물러나서 힘을 해소시켰다. 임이언은 담운이 잠깐 빠지고 홀로 나온 담곡의 다리 오금을 걷어찼다.

펑! 담곡의 나리가 휘청거리며 중심이 무니졌다. 임이언이 몸을 돌리며 한 발로 중심을 잡고 뒷발을 뻗었다. 몸과 다리를 함께 역으로 회전시키는 원앙퇴의 수법을 이용해 담곡의 턱을 가격했다.

덜컥.

담곡의 목이 옆으로 돌아갔다. 보통 사람이라면 이미 기절하거나 턱이 박살 나고도 남았을 공격이었으나 보통 사람보다 두어 배는 더 목이 두꺼운 나한승 담곡은 잠깐 어찔했을 뿐 정신까지 잃진 않았다.

그사이 물러났다가 다시 자리로 되돌아온 남궁걸이 담곡의 어깨를 베었다. 철포삼을 미처 펼치지 못한 어깨에서 피가 솟구쳤다.

남궁걸이 천공신검으로 담곡의 귀 뒤쪽과 목의 핏줄을 동시에 노렸다. 임이언이 바로 뒤에서 연용사애검을 준비했다.

그때 무각이 외쳤다.

"의업(意業)!"

다리가 풀리고 어깨를 당해서 비틀거리고 물러나려던 담곡의 눈에 힘이 들어갔다.

"으오오오오!"

담곡과 담운이 자신의 민머리들을 손바닥으로 짝짝 쳤다. 그러곤 차례로 철두공을 내세우며 밀고 들어왔다.

담곡과 담운의 갑작스러운 돌진에 남궁걸은 반보를 물러나 거리를 만들어 공격하려 했다.

그때 남궁걸과 임이언의 검이 얽혔다.

차랑!

임이언은 뒤쪽의 담운을 돌아서 치려던 차였다. 담운의 돌격 진로가 굉장히 애매했던 탓이다.

일순 남궁걸과 임이언의 시선이 마주쳤다.

아니나 다를까.

곧바로 그림자가 드리워졌다.

남궁걸과 임이언은 좌우로 몸을 날렸다.

무각을 안고 있는 금강승이 훌쩍 빈자리에 내려왔다가 다시 되돌아갔다.

곧 담곡이 남궁걸의 앞까지 밀고 왔다.

남궁걸은 담곡의 뒤통수를 검의 손잡이로 찍었다. 담곡이 고개를 힘껏 쳐들어 검의 손잡이를 정수리로 쳐 냈다. 철두공의 단단한 머리통에 남궁걸의 손이 튕겨 나갔다. 남궁걸은 아예 그 반발력으로 몸을 돌리며 뒤로 물러나다가 대각선 아래에서 위로 검을 쭉 추켜올렸다.

반원의 검기가 담곡을 절반으로 가를 듯 쏘아졌다. 담곡이 허리를 뒤로 젖히며 검기를 피했다.

싸악!

옷자락의 끄트머리가 잘려 나갔다.

담곡은 몸을 돌리면서 가로로 대계도를 휘둘렀다.

임이언이 담곡의 앞을 가로막으며 대계도를 검으로 비껴

냈다. 담곡이 다시 철두공으로 임이언의 명치를 들이받았다.

임이언이 몸을 옆으로 누이며 뒷발을 앞으로 꺾어 발따귀로 담곡의 목덜미와 귀를 후려쳤다. 내공이 담긴 원앙퇴의 발길질이라 무시할 바가 아니었다.

퍽 퍽!

담곡의 귓바퀴가 찢어지면서 피가 흘렀고, 반대쪽 귓구멍에서도 피가 터져 나왔다.

휘— 청!

담곡의 눈동자가 흔들리며 한쪽 무릎을 꿇었다.

뒤에 있는 담운이 끝까지 밀고 들어와 임이언의 옆에서 늑골을 들이받았다.

우둑!

철두공이 호신기를 밀고 들어와 갈빗대에서 금이 가는 소리가 났지만 임이언은 잠깐 찡그렸을 뿐, 담운의 무릎을 걷어찼다. 이미 검상을 입은 무릎이 꺾이면서 불쾌한 소리를 냈다.

담운이 앞으로 엎어지자, 임이언은 바로 담운의 승복 목덜미를 잡고 당기면서 검을 아래에서 위로 찔러 넣었다. 그대로라면 검이 담운의 목에서부터 뒷골까지 비스듬하게 뚫고 나오게 될 것이다.

담운의 눈이 크게 떠졌다.

순간 무각이 외쳤다.

"삼륜(三輪)!"

임이언과 남궁걸이 움찔했다.

남아 있던 나한승 셋이 동시에 뛰쳐나왔다. 그중 둘은 키와 비슷한 곤을 뽑아 들었는데 그사이 끝에 날카로운 창날을 붙여 창을 만들었고, 한 명은 징을 박은 짧은 단봉 두 자루를 들었다.

셋이 포위해 오면 임이언도 불리해진다. 임이언은 담운을 발로 차서 밀어 버리고 뒤로 물러나 포위당하는 걸 막았다.

그때 담곡이 일어나 뒤를 막았다. 임이언의 등이 담곡의 가슴에 부딪혔다. 담곡이 양손으로 임이언의 어깨와 머리를 쥐었다. 임이언보다 덩치가 두어 배는 더 큰 담곡이 손으로 공을 우그러뜨리듯 눌러 댔다.

임이언의 목이 어깨 쪽으로 점점 꺾이면서 뚜둑 소리가 났다. 발이 점점 땅에서 떨어져 몸이 들리고 입술 끝에서 피가 흘렀다. 임이언이 발을 쭉 뻗어 발끝을 어깨 앞으로 넘겨 뒤쪽 담곡의 눈을 찼다.

뻑! 담곡이 눈을 맞고 주춤댔다. 눈 안의 실핏줄이 터져 눈이 시뻘게지고 안와(眼窩) 주위가 부풀어 올랐다.

"등 뒤를 칠 테니 조심하시오!"

남궁걸이 담곡에게 경고하며 담곡의 등에 검을 휘둘렀다.

그러나 담곡은 경고를 무시하고, 고개도 돌리지 않았다.

카캉! 카캉!

철포삼으로 둘린 등에서 불똥이 튀었다. 남궁걸이 쉬지 않고 계속해서 검을 휘둘렀다. 천공신검의 검기가 철포삼을 깨뜨리며 조각조각 잘라 내었다.

임이언이 그사이 검을 손바닥 안에서 빙그르르 돌렸다. 그러곤 검을 거꾸로 쥐어 정확하게 자신의 머리를 누르고 있는 담곡의 손목 혈도를 찍었다. 담곡의 손이 뻣뻣하게 굳으면서 힘이 빠졌다.

담곡이 철두공으로 임이언의 머리 위를 못 박듯 들이받았다. 임이언은 다시 한번 원앙퇴로 뒤쪽 담곡의 코를 찼다. 담곡이 고개를 피하며 임이언을 들어 뒤쪽으로 던졌다.

남궁걸이 공격을 멈추고 검을 위로 들었다. 임이언이 공중제비를 돌며 검 끝을 아래로 하여 남궁걸의 검끝에 정확히 맞추어 일자를 만들었다. 그러곤 살짝 검이 휘는 탄성의 도움을 받아 안전히 뒤로 착지했다.

그사이 창을 든 두 나한승이 공격해 들어왔다. 창으로 양쪽에서 발등과 발목을 노리며 연속으로 찍어 왔다.

타타탁, 타탁!

남궁걸과 임이언이 깡충깡충 뛰면서 창날을 피했다. 창날이 바닥에 푹푹 박히며 둘을 따라왔다. 직접적인 공격이라기보다는 둘을 진형의 안쪽으로 가두게 만들려는 움직임이다.

"어디, 마음대로 하게 둘 것 같은가?"

임이언이 코웃음을 치며 바닥에 검을 비스듬히 박아 넣어 창날을 가로막았다.

챙!

나한승이 눈을 치켜뜨고 임이언을 쳐다보았다. 임이언은 창대를 밟고 달려 나한승의 턱을 찼다. 나한승은 발로 창대를 걸어 올려 창대를 세웠다. 임이언은 세워지는 창대를 손으로 잡고 빙글 돌면서 나한승을 향해 검을 휘둘렀다.

채채챙! 챙!

나한승이 창을 놓치고 철포삼을 두르며 정신없이 물러났다.

그 순간 갑자기 임이언이 공격을 멈추고 옆으로 몸을 굴렸다.

금강승이 나타나 임이언을 공격하려다가 멈추고 돌아갔다. 금강승의 품에서 가느다란 무긱의 팔이 나왔다가 다시 들어가는 모습이 소름 끼쳤다.

임이언이 이를 갈았다.

"거슬리는군."

남궁걸도 임이언에게 질 수 없다는 듯, 교묘하게 보법을 밟아 창으로 발등을 찍어 오는 나한승을 교란시켰다. 나한승은 경중 뛰어서 창을 한 바퀴 크게 돌리며 남궁걸의 어깨를 창대로 후려쳤다. 남궁걸이 허리를 틀어 피하자 창대가 바닥을 부쉈다.

와지끈!

남궁걸이 창대에 검을 대고 양손으로 쭉 검을 밀며 달렸다. 창대가 포를 뜨듯 얇게 잘려 나갔다. 그대로 창대를 쥐고 있으면 나한승의 손도 잘릴 것이다.

나한승은 반대쪽 팔뚝으로 창대를 후려쳐서 바닥으로 떨어뜨렸다. 남궁걸이 검이 창대에서 빠지지 않도록 창대를 차서 다시 올렸다. 그러면서 검을 휘둘러 나한의 인중을 찌르려 했다. 나한승이 창대를 다시 비틀어 눌러서 남궁걸의 검을 함께 눌리게 만들었다. 남궁걸은 몸을 회전시키며 한 뼘 정도로 아주 살짝 뛰어올라 뒷발로 나한승의 가슴을 찼다. 나한승이 머리를 숙여 남궁걸의 발차기를 머리로 받았다.

퍼펑! 나한승이 뒤로 쭉 밀려났다. 머리에 벌겋게 발자국이 남았다.

나한승은 이를 악물곤 자신의 머리를 철썩철썩 치면서 오히려 전의를 불태웠다.

"받으시게."

남궁걸은 떨어진 창대를 차서 나한승에게 돌려주었다. 나한승은 창을 받아 길게 잘린 창대의 껍질을 뜯어내고 창을 움켜쥐었다.

두 개의 단봉을 든 나한승이 남궁걸에게 달려들었다. 빨랫방망이로 빨래를 두드리듯 나한승은 쉼 없이 단봉을 내려쳤다.

남궁걸은 부드럽게 검초를 펼쳐 단봉을 툭툭 쳐 냈다.

타타탁, 타타타탁!

실로 감탄이 나올 정도의 힘 배합이었다. 나한승의 힘이 조금씩 비껴 나가 단봉으로 제대로 검을 때리지 못하고 있었다. 남궁걸이 슬쩍 몸을 비키며 다리를 걸었다.

나한승이 허우적거리며 기운 빠진 말처럼 불안정하게 가탈걸음을 했다.

남궁걸은 따라가지 않고 고개를 돌려 무각이 제자리에 있는지 확인했다. 무각은 움직이지 않았다.

거의 벽까지 도달해서야 멈춰 선 나한승이 불같은 눈으로 남궁걸을 쳐다보았다.

한데 그 벽 쪽에 있던 청년들 중 한 녕이 능을 보인 나한승을 보자 앙심이 들었는지 조용히 칼을 들었다. 남궁걸이 너무 가볍게 단봉을 툭툭 쳐 냈기 때문에 눈앞의 나한승은 생각보다 대단하지 않은가 하는 생각이 든 모양이었다.

남궁걸이 말릴 틈도 없이 청년이 나한승의 목덜미를 향해 칼을 휘둘렀다. 목덜미라면 철두공도 철포삼도 피할 수 있다.

"죽어라!"

나한승이 번개처럼 돌아서면서 단봉을 휘둘렀다. 청년은 남궁걸처럼 자신의 칼로 단봉을 쳐 내고 재차 나한승의 목을 베려 했다.

하지만 나한승의 단봉은 그대로 청년의 칼을 깨뜨리며 청년의 옆얼굴 광대뼈에 그대로 틀어박혔다.

콰창!

깨져서 조각난 칼날이 튀어서 피리릿 돌며 떨어졌다.

"어……, 어……?"

청년은 광대뼈에 단봉이 틀어박힌 채 이해하지 못하겠다는 눈빛을 했다. 나한승은 박힌 단봉을 비틀어 빼곤 양손으로 빠르게 두 번 청년의 머리통을 두드렸다.

퍼퍽! 청년의 머리통이 움푹 패며 터졌다. 청년은 그대로 무너지듯 쓰러져 죽었다.

"쯧쯧."

남궁걸이 안됐다는 듯 혀를 찼다.

길이상으로는 검이 길어 유리할 것 같지만 단봉은 의외로 검으로 상대하기가 껄끄럽다. 검면을 맞으면 검이 깨지고, 박혀 있는 징에 검날이 맞으면 이가 나간다.

게다가 아무리 나한승들이 남궁걸과 임이언에게 고전하고 있다 하더라도 애초에 청년들과는 상대가 되는 수준이 아닌 것이다!

죽은 청년의 근처에 있던 다른 청년들이 주저앉아 있다가 엉덩이를 뒤로 빼며 옆으로 도망갔다.

남궁걸은 잠깐 숨을 돌리며 상황을 살폈다.

나한승 자체는 큰 벽이 되지 못한다. 그러나 무각이 중간중간 개입함으로써 벽이 되었다. 무각은 몸이 불편한 단점을 벽을 세우는 식으로 극복하고 있었던 것이다.

그러니 무각을 좀 더 쉽게 상대하기 위해서는 결국 앞을 막은 나한승들을 쓰러뜨리고 넘어가야 한다는 뜻이다. 그리고 그 뒤에서 아직 개입하지 않고 있는 금강승까지도.

남궁걸이 진자강에게 물었다.

"독룡. 아직 멀었나?"

진자강이 답했다.

"모르겠습니다."

"내가 볼 때, 자네는 자격이 없는 것 같은데……."

안령이 풋 하고 웃었다. 하지만 그 시답잖은 농담에 웃은 사람은 안령뿐이어서 안령은 금세 머쓱해했다.

곧 육하선이 진자강을 대신하듯 도를 들고 나섰다. 나한승들을 쓰러뜨려야 한다는 건 육하선도 잘 알고 있었다.

"앞에 있는 스님들부터 빨리 치우지요."

나신에 가까운 얇은 비단옷과 두꺼운 도.

어울리지 않는 듯, 희한하게 어울리는 면이 있었다.

육하선은 바로 나한승들을 향해 가지 않고 멈추었다.

그러더니 비단옷 안쪽 숨겨진 손톱만 한 작은 주머니를 꺼내 남궁걸에게 던져 주었다.

"무엇이오?"

"치독분(治毒粉)이라고 해요. 코 밑에 찍어 바르시면 환희정녀의 영향에서 벗어날 수 있답니다."

"흠."

남궁걸은 몇 번이나 입구를 꽁꽁 동여맨 주머니를 열었다. 순간 자기도 모르게 욱 하고 헛구역질을 했다.

"허어…… 이건……!"

육하선이 깔깔 웃었다.

"강호에서 가장 냄새가 지독한 대화초(大花草)의 꽃과 화분, 꽃대를 말려 가루로 낸 것입니다. 수년에 한 번 꽃이 피는데, 꽃이 피기 시작하면 냄새가 고약하여 사람은 접근하기도 어렵다 하지요. 세간에서는 시체꽃이라고도 불린답니다."

"냄새에 딱 어울리는 이름이로군. 이걸 찍어서 바르란 말이오?"

"환희정녀의 쾌락을 견뎌 낼 수 있는 유일한 방독법(防毒法)이에요."

남궁걸은 잔뜩 찡그린 얼굴로 가루를 푹 찍어 코밑에 발랐다.

"저런…… 그렇게 많이 찍으실 필요는 없는데."

"……스읍."

오감이 발달된 무인들은 향에도 민감하다. 남궁걸은 연신 침을 삼켰다. 구역질을 참느라 눈이 충혈되기까지 했다.

남궁걸은 임이언에게 주머니를 건넸다. 임이언이 남궁걸을 노려보며 싫다는 거절의 뜻을 확고히 건넸다.

"나는 남자가 아니다."

육하선이 웃으며 말했다.

"환희정녀는 남녀를 가리지 않지요. 그것도 재미있겠네요, 검후께서 쾌락에 젖어 제게 애정을 갈구하는 모습을 보는 것도?"

임이언의 얼굴이 새빨개졌다. 임이언은 주머니를 받아 아주 살짝 손톱으로 가루를 찍어 코밑에 묻혔다. 목에서 쉼없이 꿀꺽거리며 침이 넘어가는 걸로 보아 냄새가 어지간한 모양이었다.

임이언은 손에 들고 있기도 싫다는 듯 함근에게 던졌다. 함근은 조용히 찍어 바르고 안령에게 주머니를 넘겼다.

안령은 주머니를 받아 입구에 코를 들이댔다가 바로 구역질을 시작했다.

"우엑! 우에엑!"

눈물까지 줄줄 흘리며 겨우겨우 코밑에 발랐다.

안령이 진자강은 어떻게 나오나 보자는 투로 진자강에게 치독분을 건네주었다.

확실히 냄새가 지독하긴 했다.

그러나 이미 갇힌 공간에서 시체와 수년을 함께 살아왔던 진자강에게는 크게 의미 있는 냄새는 아니었다. 진자강은 심지어 맛까지 보았다.

안령이 기겁했다.

"그걸 먹어?"

"신경 쓰지 마십시오."

"어떻게 신경을 안 써! 벌써 말하는데 냄새가……. 우욱."

자기는 코밑에 발라 놓고 남의 입 냄새를 신경 쓴다니 어이가 없는 일이었다.

육하선이 사뿐히 앞으로 걸어가다가 진자강을 돌아보고 말했다.

"소협에게 말한 아까의 제안, 대답을 기다리지요."

안령이 진자강을 째려보았다.

"무슨 제안?"

하지만, 진자강은 신경 쓰지 않았다.

육하선이 교성(嬌聲) 어린 웃음을 터뜨리며 나한승들의 앞으로 다가가며 춤을 추기 시작했다.

"호호호호!"

나한승들의 눈썹이 움찔거렸다. 민머리의 정수리 부근과 귓불이 눈에 띄게 붉어졌다. 눈이 충혈되었다. 음심을 다스리느라 이를 악물어서 턱에 힘줄이 한껏 돋아났다.

거리가 가까워지자 육하선의 손에 들린 도가 빛났다. 도광이 유성의 꼬리처럼 횡으로 길게 이어졌다.

대계도를 가진 담곡이 나서서 육하선의 도를 받았다.

쩽! 째쨍!

펄럭이는 비단옷이 불편할 만한데도 오히려 육하선은 그것을 이점으로 이용했다. 옷이 시야를 가려 담곡이 되려 육하선의 동작을 제대로 보기가 어려웠다.

두어 번의 공방 후에 육하선이 빙글 한 바퀴를 돌았다. 몸을 가리고 있던 비단이 크게 휘감기면서 맨다리가 드러나고 상체가 두드러지게 노출되었다.

흠칫!

아주 잠깐 담곡의 눈동자가 흔들렸다. 그래도 금세 자제력을 잃지 않고 시선이 돌아왔다. 하지만 이미 그때엔 육하선의 오른팔이 비단에 가려 사라진 뒤였다.

여러 겹의 비단 자락이 휘날려 겹치면서 팔의 움직임을 완전히 감추었다.

무각이 소리쳤다.

"자비(慈悲)!"

육하선의 도가 위에서부터 아래로, 벼락처럼 떨어졌다.

동시에 담곡의 좌우에서 나한승들이 뛰쳐나왔다.

담곡이 임이언 때처럼 대계도를 들어 도를 막았다. 대계도는 검기에도 상처가 나지 않는 특별한 재질이다. 육하선이 가진 건 아비앵화단의 청년들이 들고 있던 박도인데, 강도가 강해 봐야 얼마나 강하겠는가. 반으로 부러지지나 않으면 다행일 터였다.

하지만 전혀 생각 외로, 육하선의 도는 담곡의 대계도와 부딪치며 폭발했다.

쩡!

도가 완전히 박살 나면서 엄청난 파편이 담곡의 머리 위로 쏟아져 내렸다. 육하선의 장기인 압정도였다.

뛰쳐나왔던 나한승들이 좌우에서 철포삼을 두르고 담곡을 감쌌다.

퍼퍼퍽! 도의 파편이 철포삼을 두른 나한승들의 가사에 박히거나 튕겨 나갔다. 보조가 조금만 늦었어도 담곡은 도의 파편에 고슴도치가 되었을 터였다. 하지만 그게 끝이 아니라 그 위로 은색의 가루들까지도 날리고 있었다.

부드러운 향이 퍼졌다.

환희정녀다.

담곡과 나한승들은 급히 숨을 멈추고 뒤로 물러났다. 육하선이 그 모양을 그대로 두고 보지 않았다.

육하선이 나한승들에게 쇄도하며 양옆으로 손을 뻗었다. 바닥에 떨어져 있던 몇 자루의 도가 살아 있는 것처럼 육하선의 손으로 빨려 들었다.

"능공섭물!"

안령이 소리쳤다.

언뜻 환락천주라고 하면 춘약이나 쓰는 하류로 여기기 쉬웠으나, 실상은 전혀 달랐다. 삼십 대의 나이에 저만한 내공을 소유했다는 것은 이미 굉장한 경지에 올라 있음을 의미하는 바였다. 검후 임이언에게 주눅 들지 않고 맞설 수 있는 이유가 있었던 것이다.

육하선은 몇 자루의 도를 공중에 띄워 올렸다. 그러곤 공중으로 뛰어올라 도를 집으려 했다. 창을 든 나한승이 기회를 놓칠세라 창으로 바닥을 짚고 뛰어올라 육하선의 복부를 걷어찼다. 육하선은 손을 가슴에 모으고 일자 형태로 휘리릭 돌았다. 비단 자락이 나한승의 발목에 감기면서 발목이 육하선과 같이 돌아갔다.

우드득!

발이 완전히 돌아가 뒤꿈치가 앞으로 갔다. 나한승은 어금니를 꽉 깨물고 창을 휘둘렀다. 그러나 이미 창마저도 비단 자락에 감겼다. 얼굴이 벌게질 정도로 힘을 썼으나 어깨와 다리가 비단 자락에 감겨 공중에서 아무것도 할 수 없게 되었다. 마치 거미줄에 걸려 대롱거리는 나방과도 같은 신세였다.

육하선이 공중에 띄워 놓은 도 한 자루를 밟고 나한승의 어깨 위로 올라타서 다리로 목을 졸랐다. 육하선의 몸에서 은빛 가루가 떨어졌다.

"크윽!"

나한승은 창을 떨구어서 발로 차 바닥에 박히게 했다. 그러곤 박힌 창의 위에 외다리로 서서 몸을 흔들었다. 나한승이 올라 있는 창대가 휘—청 휘—청거렸다.

하나 육하선은 떨어지지 않았다. 나한승의 발버둥은 오래가지 못했다. 나한승의 사나운 표정이 점점 누그러지더니 입가에 게거품이 끓기 시작했다. 동공의 초점도 거의 풀렸다. 창대의 움직임이 점점 줄어들었다. 환희정녀에 중독된 것이다.

육하선은 공중에 떠 있는 도 한 자루를 쥐어 들었다.

그때, 임이언이 소리치며 달려들었다.

"피해라!"

남궁걸과 임이언이 양쪽에서 검을 휘두르며 육하선을 돕기 위해 날아오르려 했다.

무각이 소리쳤다.

"거진(拒進)!"

남궁걸과 임이언, 둘을 단봉을 든 나한승과 창을 든 나한승이 막아섰다.

무각의 외침은 육하선의 머리 위에서 들려온 것이었다. 육하선의 머리 위로 거대한 덩치가 뛰어내리는 중이다.

무각이 거기에 있었다. 금강승의 품속에서 비틀어진 무각의 손이 덜덜 떨리면서 나오고 있다.

육하선은 나한승의 목을 조르고 있는 다리를 풀지 않은 채 위로 도를 휘둘렀다. 육하선의 몸에서부터 사선으로 위쪽까지 긴 도광의 꼬리가 이어졌다. 금강승이 옆구리 쪽 어깨를 내밀었다. 어깨에 맞은 도가 폭발했다.

펑— 후두두두! 도의 파편은 금강승의 금란가사를 뚫지 못하며 긁고 지나갔다. 나한승들의 철포삼보나 한 단계 높은 금란철주다.

육하선은 포기하지 않고 재차 왼손으로 다른 도를 잡아당겨 한 번 더 압정도를 펼쳤다.

아래에서 위로, 금강승의 발바닥으로 도광이 이어졌다. 금강승이 발로 도광을 밟자, 도가 폭발했다. 금강승은 폭발의 반발력으로 공중으로 한 번 더 뛰어올라 몸을 뱅그르르 사선으로 회전시켰다. 폭발하며 튀어 나간 도의 파편들이 금강승에게 맞으며 사방으로 튀었다. 허공에 뿌려져 있던 환희정녀의 은빛 가루도 바람에 휘말려 날아갔다.

금강승의 한쪽 발은 옷과 신발이 너덜너덜 찢겨 나갔지만 살점은 크게 다치지 않았다.

금강승의 몸이 공중에서 뚝 떨어졌다. 천근추로 추락을 가속화했다. 금강승의 가슴에서 무각의 손이 다시 모습을 드러냈다.

육하선이 몸을 뒤로 누였다. 창대에 비단을 걸어서 자신의 몸까지 고정시키고 완전히 창대를 휘게 만들었다. 무각의 손이 닿을 수 있는 거리를 아슬아슬하게 벗어났다.

게다가 원래 있던 자리에는 은빛 가루까지 살포해 놓았다. 뛰어내린 금강승과 무각이 은빛 가루에 노출되었다. 금강승이 착지하며 몸을 한 바퀴 회전시켜 환희정녀를 치워냈다. 그러면서 발끝으로 창대를 가볍게 스치고 지나갔다. 창대가 칼에 잘린 것처럼 깨끗하게 절단 났다.

육하선은 그사이에 다리에 힘을 주어 나한승의 목을 완전히 부러뜨리곤, 객잔 이 층으로 뛰어올랐다. 금강승이 곧

바로 땅을 박차고 육하선을 따라 이 층으로 올라갔다.

임이언이 그 광경을 보더니 소리쳤다.

"재이검객은 가서 환락천주를 도우시오!"

그러며 남궁걸의 몫인 나한승까지 맡아 이 대 일로 싸웠다.

무각이 아까처럼 공격에 실패한 후 물러서지 않고 있다. 먼저 육하선을 죽이겠다는 뜻이다.

육하선은 무공도 강할 뿐 아니라 나한승들의 부동심을 해치는 미혼무를 사용하며 독까지 살포한다. 나한승들의 입장에서는 굉장히 까다롭다.

이들이 나한승들을 빨리 처리하여 무각의 방패를 없애려는 것처럼, 무각도 육하선을 먼저 죽여 나한승들의 효용을 높이려는 속셈이다.

남궁걸이 몸을 빼 무각을 안은 금강승에게로 날아갔다.

이번엔 그 앞을 또 다른 금강승이 막아섰다. 남궁걸은 한 모금의 호흡을 들이마신 후 천공신검의 검기를 뿌려 댔다.

금강승이 우뚝 서서 양팔을 교차해 막았다.

콰차차창!

나한승의 칠포심에는 검기가 조금씩이나마 먹혔는데 금란철주에는 제대로 들어가지 않았다.

남궁걸이 입술을 잘근 깨물었다. 검기로는 금란철주를 뚫기 어렵다. 금란철주가 미치지 못하는 부분을 최대한 공격했다.

눈, 목덜미, 손목, 발목!

빛줄기가 여러 개의 호선을 그리며 계속해서 금강승을 베어 갔다. 금강승이 막고 있다가 돌연 주먹을 뻗었다. 남궁걸이 보법을 밟으며 허리를 뒤로 눕혔다. 묵직한 바람 소리가 나며 주먹이 입과 코 위를 스쳐 갔다.

팍.

풍압에 코피가 터졌다.

이 층의 난간에서는 육하선과 무각이, 아래층에서는 남궁걸과 금강승, 임이언과 나한승들의 싸움이 벌어지고 있었다.

진자강은 싸움이 난전 양상으로 바뀌어 가는 것을 그저 묵묵히 방관하고 있을 따름이었다.

지금 이곳에서는 아무도 믿을 수 없다.

안령과 소민을 제외하면 모두가 처음 보는 인물들이었다. 그중에서 누가 '그들'과 관련되어 오염된 자인지 알 수 없었다. 자신을 보호하러 온 남궁걸이나 육하선도 신뢰가 없긴 마찬가지였다.

더욱이 육하선은 염왕의 명령과는 다른 속셈을 가지고 있었으므로 더욱 믿기 어려웠다.

화산파의 함근은 아까부터 움직이지 않고 있어 더 경계해야 했다. 그는 계속 움직이지 않고 진자강을 신경 쓰고 있었다. 언제든 기회가 되면 소민을 데리고 이곳을 이탈하려 하고 있었다. 무각이 틈을 주지 않아 움직이지 못하고 있을 뿐이었다.

안령도 다르지 않았다. 다른 이들과 달리 정치적인 움직임을 보이지 않는 대신, 감정적이었다. 심지어 안령은 금강승을 맨손으로 죽였을 정도로 강력한 무력을 가지고 있었다. 그런 이가 감정적이라는 건 매우 위험하다.

그래서 진자강은 싸움에 개입하지 않고 기다렸다.

누군가 죽을 수도 있고, 그래서 싸움이 불리하게 될 수도 있었다.

섣불리 움직였다가 등 뒤에서 급습을 당하면 돌이킬 수 없게 된다.

함근과 진자강의 시선이 마주쳤다. 함근은 싸움에서 눈을 떼지 않고 제자 소민의 상태를 보고 있으면서도 진자강 또한 주시하고 있었다.

둘의 눈빛이 잠시 농안 부딪쳤다가 다른 곳으로 놀아갔다.

안령만이 이 상황이 답답하다는 듯 발을 동동 구르고 있을 따름이었다.

핏방울이 공중에 떠올라 점점이 흩어졌다.

금강승은 주먹이 빗나가자 남궁걸의 어깨를 잡고 강제로 상체를 일으켰다. 남궁걸이 검의 손잡이 아래로 금강승의 팔오금을 쳤다.

금강승의 팔이 살짝 밀리며 잡고 있던 남궁걸의 어깨를 놓쳤다. 하나 반대쪽 손으로 다시 남궁걸의 허리춤을 잡아 당겼다. 남궁걸은 인상을 쓰며 검을 쥐지 않은 손의 손날로 금강승의 두꺼운 목줄기를 찔렀다.

금강승이 이를 악물고 목에 힘을 주었다. 남궁걸의 손끝이 목젖에 박히지 않고 걸렸다.

칵!

금강승은 남궁걸의 머리통을 잡고 철두공으로 이마를 들이받았다. 남궁걸이 대경하여 고개를 옆으로 돌렸다. 철두공이 스쳐 간 귀가 찢어졌다. 금강승은 동시에 어깨를 일촌(一寸)가량 빠르게 올려 쳐서 남궁걸의 턱을 강타했다.

뻑! 남궁걸의 머리가 뒤로 젖혀졌다. 금강승이 남궁걸의 머리를 양손으로 잡아 누르며 무릎으로 남궁걸의 안면을 올려 찍었다. 남궁걸이 양팔을 모아 무릎을 막았다.

뿌드득.

금강승의 무릎을 맞은 팔뼈에 이상이 생겼는지 요란한 소리가 났다.

이러한 근접전에서의 박투술은 소림사가 훨씬 유리하지, 남궁걸이 원하는 바가 아니다. 남궁걸은 양손으로 금강승의 가슴을 밀었다.

금강승은 꼼짝도 않았다. 오히려 한 번 더 무릎을 올렸다. 남궁걸은 손가락만으로 검의 손잡이를 돌려 자신의 머리를 잡고 있는 금강승의 손목을 그었다.

금강승이 금란가사를 흘려 손목을 감쌌다.

키잉!

남궁걸의 검이 소득 없이 금란가사를 긁고 지나갔다.

재차 올려친 무릎이 바로 남궁걸의 코앞까지 올라왔다. 이제 별다른 방법이 없었다.

남궁걸의 눈이 붉게 타오르면서 둔중한 빛이 어렸다.

금강승의 표정이 살짝 굳었다. 남궁걸의 눈에서 막대한 기세가 뿜어져 나왔다가, 한순간에 갈무리되어 눈빛이 평온한 호수처럼 고요해졌다.

금강승은 급히 팔을 떼었다.

검광이 다시 한번 방금의 손목을 긋고 지나갔다.

싹.

금란가사의 소맷자락이 잘려 나갔다. 방금과 무언가 많이 달라졌다. 남궁걸의 검이 아까보다 진한 검광을 머금고 있었다.

"망할."

소맷자락이 잘린 것은 금강승인데 욕지거리를 내뱉은 것은 남궁걸이다.

남궁걸은 찢어진 귀와 코에서 흐르는 피를 소매로 쓱쓱 문질러 닦았다.

남궁걸이 아래로 늘어뜨린 검의 검기가 바닥에 닿으며 마룻바닥의 판자가 소리도 없이 뭉텅뭉텅 썰려 나갔다.

남궁걸이 마침내 검강을 뽑아낸 것이다.

검강은 최강의 파괴력을 가진 내가검공이지만 화로와도 같아서 일단 끌어내면 멈출 수가 없다. 단시간 내에 승부를 내야 한다.

금강승은 이미 눈치를 챘다. 남궁걸과 정면 승부를 하지 않고 피하기 시작했다. 남궁걸도 괜히 달아나는 금강승을 쫓아다니다가 시간을 버릴 만큼 멍청하지 않았다.

남궁걸은 잠깐 눈을 들어 이 층의 상황을 살폈다가 생각보다 육하선이 무각을 상대로 선전하자 바로 임이언 쪽으로 몸을 돌렸다.

나한승 셋이 붙어서 임이언을 상대하고 있었다. 남궁걸이 노린 것은 그중 한 명, 대계도를 든 담곡이었다.

담곡은 임이언에게 맞은 한쪽 눈이 부어서 시야가 좁아져 있다.

"본인의 검을 조심하시오!"

뒤쪽에서 소리가 들려오자 담곡이 돌면서 대계도를 휘둘렀다.

대계도가 일으킨 날카로운 도파가 남궁걸의 머리 위를 지나갔다. 남궁걸은 몸을 낮추며 담곡의 한쪽 발목을 베었다.

싹! 예리한 검강이 발목이 절단하고 지나갔다. 담곡의 몸이 기울어졌다.

남궁걸이 뒤에서 훌쩍 뛰어올라 기울어지는 담곡의 어깨에 올라타곤 위에서 아래로 검을 찍어 넣었다. 담곡이 철포삼을 일으켰지만 검강은 철포삼을 무시하고 그대로 뚫어 버렸다.

푸욱! 검이 목덜미와 쇄골의 사이로 손잡이까지 들어가 박혔다. 아마 심장까지 꿰뚫었을 터였다.

남궁걸이 검을 뽑으며 뒤로 뛰어내렸다. 담곡의 몸이 통나무가 쓰러지듯 엎어졌다.

쿵! 어깨에서부터 피가 뿜어져 나와 바닥을 흥건하게 적셨다.

남은 나한승들도 사방에 뿌려진 환희정녀 때문에 호흡이 여의치 않았다. 몸놀림이 아까보다 훨씬 더 둔해져 있었다.

임이언도 권을 사용하던 나한승 담운의 목을 검으로 베

었다. 담운이 맨손으로 임이언의 검날을 붙들었다. 임이언이 힘을 주자 조금씩 검이 빠져나가며 담운의 손가락과 목이 동시에 썰려 나갔다.

담운이 부르르르 몸을 떨었다. 눈에서 급격하게 생기가 사라지며 피가 검신을 타고 흘러내렸다.

"나무아미…… 타불……."

담운은 열 손가락이 모두 잘린 채 불호를 외며 고꾸라졌다. 잘린 목이 몸에서 떨어져 나가 바닥을 굴렀다.

벌써 나한승 셋이 죽었다. 아니, 한 명이 더 죽었다. 환희정녀의 독을 이기지 못하고 중독되어 멍한 채로 있다가 목이 달아났다.

이제 아래층에 남은 건 금강승 한 명과 나한승 한 명뿐이다.

무각이 처음 호언장담한 것에 비하면 의외의 결과였다.

무각이 남궁걸과 임이언을 무시한 것인지, 아니면 육하선이 너무 무각을 잘 붙들고 있는 때문인지 알 수 없었으나 겉으로 보면 확실히 무각이 유리해 보이진 않았다.

한데 그때 갑작스레 안령의 비명이 울렸다.

"왜 이러세요!"

화산파의 함근이 안령을 공격한 것이다.

안령이 서 있던 자리에 함근의 검이 베고 지나간 자국이 고스란히 남아 있었다. 바닥에서부터 벽까지 긴 검흔이 새겨져 있었다.

안령은 크게 놀랐는지 얼굴이 벌게지도록 화를 냈다. 함근을 내내 지켜보고 있던 진자강이 안령에게 눈짓을 해 주지 않았다면 몸이 반쪽이 될 뻔했다.

하나 소림사의 무각을 향해야 할 검 끝이 왜 자신을 향해 있는가!

함근은 검에 어른거리는 자하기를 갈무리하며 검을 거두었다.

함근의 눈은 매우 슬퍼하고 있었는데 그 눈에는 매우 냉막한 살기마저 감돌고 있었다.

"소민이…… 죽었다."

"아……!"

안령은 안타까운 탄성을 냈다.

결국 소민이 진자강의 수라혈을 버티지 못하고 죽은 것이다.

하지만 그것이 자신을 공격할 이유인가?

"죄송해요. 최선을 다했는데……. 하지만 제 탓이라고 하더라도 저를 공격하신 건……!"

"소민을 돌봐 준 건 고맙게 생각하고 있다. 그러나 나는 아무래도 너를 살려 보낼 수는 없을 것 같구나."

"네?"

무각은 안령을 죽인다고 했다. 그리고 함근에게도 마찬가지다. 안씨 의가와 백리중의 정의회는 적대적이지만, 어차피 당장에 일이 잘못되면 둘 다 여기서 무각에게 죽는 건 마찬가지다.

다만 지금 상황은 소림사보다는 이쪽이 유리하다. 아무리 생각해도 함근이 자신을 공격할 이유가 없었다.

"소민 소저의 일은 안타깝지만 지금은 우리가 힘을 합쳐야 살아 나갈 수 있어요. 함 대협, 다시 감정을 추스르시고……."

"나는 살면서 지금만큼 냉정하게 생각한 적이 없었을 정도로 안정되어 있다."

"그런데 왜 이러시는 거예요?"

함근이 피식 웃었다.

"너는 여기서 살아나갈 수 있다고 보느냐?"

"네! 조금만 더 몰아붙이면…… 가능성이 아주 없지도……."

"싸움이 끝나고 나면. 그때는?"

"네?"

"너는 금강승을 죽일 정도의 무공을 갖고 있다지?"

아까 무각이 했던 말이다. 설마 그 말을 새기고 있을 줄은 몰랐다.

"그건 다른 문제예요."

"어쩌면 이대로 무각 선승을 쓰러뜨릴 수도 있을 게다. 하지만 그 후에는 어떻게 될까."

안령은 그제야 함근이 하려는 말을 이해했다. 소민이 죽자마자 바로 손을 쓰기 시작한 이유도 깨달았다.

수라혈에 소민이 죽었으니 이제 진자강과 함근은 원수지간이 되고 말았다.

더욱이 함근은 남궁걸의 장강검문과도 적대적이며, 안씨의가와도 마찬가지로 적대적이다.

무각을 이긴다 해도 함근의 생사는 여전히 장담하기 어려운 것이다. 게다가 수라혈에 독살된 소민의 시신을 안씨의가에 빼앗길 수도 있었다.

"제자의 시신을 타 문파에 빼앗기는 것은 우리 화산의 큰 수치다."

안령은 멍해졌다. 설마 함근이 그렇게 생각하고 있을 줄은 몰랐다. 안령은 함근을 설득하려 했다.

"함 대협. 오해하지 말고 들어 주세요. 저는 함 대협에게 못된 짓을 할 생각이 없습니다. 그리고 소민 소저의 시신을 건드리지도 않을 거예요."

"내가 어차피 죽을 거라면, 다른 이들도 살아 나가지 못하도록 만드는 것이 정의회에도 큰 이득이 되겠지."

스스로의 목숨을 건사할 생각만 하지 않는다면 이것은 소민의 시신도 빼앗기지 않고 재이검객 남궁걸과 독룡 진자강마저도 모두 해치울 수 있는 최고의 기회였다.

"함 대협!"

"늦었다. 여기서 살아 나갈 수 있는 건 독룡뿐이다. 독룡역시도 팔다리가 모두 잘려 폐인이 된 채로이겠지만."

함근의 검에서 자하기가 다시 어른거리기 시작했다.

안령은 급히 고개를 돌려 진자강에게 도움을 청하려 했다. 그런데 진자강은 안령과 눈이 마주치자 고개만 까딱거렸다. 도울 생각은 전혀 없어 보였다.

마치 혼자 잘해 보라고 하는 듯한 투였다.

"이러려고 나한테 경고를 보내 줬냐!"

진자강이 살짝 고개를 돌려 다시 끄덕였다. 안령은 진자강의 행동에 치를 떨었다.

함근과 안령이 싸우게 되면 진자강은 완전히 난전에서 자유로워지는 것이었다.

안령은 이를 빠득 갈았지만 어쩔 수 없었다. 내공을 끌어올리고 살기 어린 검을 휘두르는 함근을 향해 전의로 응답했다.

"후회하실 거예요, 함 대협."

"두고 보자꾸나!"

함근과 안령이 어우러져 싸우기 시작했다.

진자강은 이제야 편히 움직일 수 있게 되었다.

함근과 안령까지 싸우게 되자, 진자강은 드디어 움직이기 시작했다.

함근은 마음껏 살수를 쓰며 안령을 몰아붙여 갔다. 칼끝이 매화의 꽃잎처럼 펼쳐지며 마디마디마다 살기를 품었다.

하나 안령도 만만하지는 않았다. 안령의 움직임은 굉장히 신묘했고 대응도 빨랐다. 떨어져 있는 무기를 주워 다양한 방법으로 함근의 매화검법을 상대했다.

"역시, 예상대로 힘을 숨기고 있었군. 어떻게 후기지수인 삼룡사봉의 소봉이 나를 상대할 수 있단 말인가."

함근은 더욱 거세게 안령을 몰아붙였다. 안령은 말을 할 틈도 없이 함근의 공격을 막아 냈다. 그래도 화산파의 중견인 함근을 상대로 생각보다 크게 밀리지 않고 있었다.

안령이 공격을 당하고 있으니 당연하게도 임이언이 상대하던 나한승들을 팽개치고 그쪽으로 몸을 날렸다.

남궁길이 김깅을 휘두르면시 금강승을 공격하다기 그 광경을 보고 한심하다는 투로 얼굴을 일그러뜨렸다.

"내가 전생에 죄를 많이 지었나, 남 좋은 일을 혼자 다 하고 있군."

그나마 진자강이 움직이고 있으니 어떻게든 양상이 달라지길 기대할 수밖에 없었다.

함근이 자리를 비운 사이, 진자강은 소민의 시체가 있는 곳부터 먼저 다가갔다.

소민의 전신에는 붉은색으로 문신을 한 것처럼 꽃이 피었다. 눈과 코, 입, 귀의 칠공에서는 아직도 살아 있는 것처럼 울컥울컥 피가 흘러나오고 있었다.

표상국이 부린 작은 욕심이 스스로의 목숨은 물론이고 소민마저 죽음으로 몰아넣는 결과를 야기했다.

비록 최후에는 소민이 스스로 죽음을 자초한 탓이 있다 해도, 진자강에게 소민의 죽음에 대한 책임이 아주 없다고는 할 수 없는 것이었다.

진자강은 소민이 천진한 얼굴로 웃던 모습이 생각나 가슴 한쪽이 시큰거렸다. 그것은 남녀의 문제로서가 아니라 종남파의 표상국을 죽일 때와 같은 텅 빈 허탈함의 기분이었다.

"잘 가십시오."

진자강은 무릎을 꿇고 웃옷을 벗어 소민의 얼굴을 덮어주었다.

그러곤 짧은 한숨을 내쉬었다가 바로 일어섰다.

객잔은 사방에서 벌어지는 싸움으로 완전히 난리가 나 있었다.

검광이 난무하고 육박전으로 인해 뼈끼리 부딪치는 둔탁한 소리가 났다.

진자강은 객잔 벽에 바싹 붙어서 벌벌 떨고 있는 청년들에게로 다가갔다.

부상을 입은 자들은 물론이고 부상을 입지 않은 청년들도 진자강이 다가오자 쭈뼛거렸다.

기가 크게 꺾인 터라 함부로 덤비지 못했다.

진자강은 그중 가장 멀쩡한 이들을 골라 말을 걸었다.

"설득은 생략하겠습니다."

"갑자기 무, 무슨 설득을……."

"누가 보냈습니까?"

진자강과 눈이 마주친 청년이 대답했다.

"우, 우리는 강호의 저, 정의를 위해 자, 자의적으로 나선 것이지 누가 시켜서 한 건 결코……."

진자강은 번개처럼 손을 뻗어서 청년의 입을 막고 손가락을 잡아 부러뜨렸다.

우둑!

청년의 눈이 크게 떠졌다. 얼굴이 벌게지고 이마에 식은 땀이 흘렀다. 입이 막힌 탓에 소리를 내지 못했지만 턱이 달달 떨렸다.

진자강이 입을 열어 주고 다시 질문했다.

"왜 왔습니까."

"으으윽…… 으으으윽. 그, 그건 도, 독룡을 데려오라고……."

진자강은 바로 청년의 팔을 꺾어 부러뜨렸다. 청년이 비명을 지르는 순간 그의 명치를 차서, 숨이 막혀 비명 소리가 나오지 않게 했다.

청년은 눈이 뒤집혀 바로 기절했다. 오줌을 싸서 바닥이 흥건해졌다.

진자강은 지체 없이 옆 청년에게 눈길을 옮겼다. 눈이 마주친 옆 청년이 엉금엉금 기어서 달아나려 했다. 진자강은 청년의 발을 잡아당겼다. 청년이 질질 끌려왔다.

"사, 살려 줘!"

얼마나 겁을 먹었는지 마룻바닥을 긁다가 손톱이 깨지고 바닥에 손톱이 박히기까지 했다.

진자강이 물었다.

"당신들은 무슨 수로 나를 데려가려고 했습니까."

청년은 완전히 겁을 먹어선 곁눈질을 했다. 청년들이 잔뜩 몰려 있는 곳을 눈짓하고 있었다.

진자강은 겁먹은 청년을 팽개치고 그쪽으로 향했다. 청

년들이 옆으로 주춤주춤 밀려나서 그 안에 숨어 있던 한 명의 모습이 드러났다.

청년은 소매를 들어 얼굴을 가리고 있었는데 진자강과 눈이 마주치자 크게 당황하는 모습이었다. 진자강은 다가가서 청년을 끌어내려 거침없이 손을 뻗었다.

"이이 씨!"

청년이 반항하려 했다. 진자강은 청년의 가슴을 발로 찼다.

청년이 신법을 밟아 피하려 했으나 허둥거리는 바람에 발이 엉켰다. 퍽! 진자강의 발길질에 청년은 객잔의 벽에 등을 부딪쳤다.

얼굴을 가렸던 손이 떨어지니 알 수 있었다. 예전에 무한의 황학루에서 만났던 제갈가의 청년이었다.

"한 번 당하고도 정신을 못 차렸습니까?"

제갈가의 청년, 제갈구는 그때의 치욕이 떠올랐는지 얼굴이 붉어졌다.

하지만 이내 살기 어린 웃음기를 머금더니 검을 들었다.

"혼자가 돼서 겁도 없이 우리들의 사이에 들어왔구나. 정신을 못 차린 건 네놈이겠지."

진자강의 좌우에 몇 명의 청년들이 다가와 포위하듯 둘러쌌다. 둘 정도는 안면이 익었다. 한 명은 홍검파의 소저,

한 명은 태행검파의 청년이었다. 그리고 나머지는 처음 보는 얼굴들이었다. 그런데 은근히 느껴지는 기세가 익숙했다.

"제갈가의 가신 가문 무사군요."

제갈구가 흠칫했다.

"네가 그걸 어떻게 알지?"

진자강이 제갈가의 가신 가문 무사들에게 말했다.

"신융이란 무사를 알고 있었습니다. 그를 아는 사람이 있다면 오늘은 살려 주겠습니다. 지금 가십시오."

신융의 이름이 나오자 무사들이 잠깐 당황했으나 달아나는 자는 없었다.

홍검파의 제자 양양이 뾰족한 목소리로 소리쳤다.

"예전이나 지금이나 사악한 혓바닥을 놀리는 버릇은 여전하군요! 당신 같은 자는 강호의 밥을 먹을 자격이 없어!"

태행검파의 제자 관인도 맞장구를 쳤다.

"건방진 놈! 지난번에는 몰라서 당했지만 이번엔 당하지 않는다! 독만 아니면 무서울 일이 없어!"

진자강은 의아했다. 이들은 진자강이 이해하기 어려운 말들을 내뱉고 있었다.

곧 제갈구가 명령을 내렸다.

"쳐!"

제갈가 무사들 셋이 진자강에게 동시에 달려들었다. 한데 홍검파와 태행검파 그리고 정작 제갈구는 진자강에게 달려들지 않는다.

그러더니 갑자기 품에서 금박에 싸인 환단을 꺼내 입에 넣으려는 게 아닌가!

진자강은 눈이 번쩍 뜨였다.

'이상한 배짱을 부리는 이유가 저것인가?'

저 환단의 복용을 막아 정체를 확인해야 한다!

하나 이미 제갈가 무사들이 품(品)자 형으로 진자강을 둘러싸고 칼로 치는 중이었다.

진자강은 빠르게 판단했다. 다소의 피해를 감수할 수밖에 없다.

진자강은 일 회의 호흡을 들이쉰 후 몸을 띄우며 양손의 손가락에 열 자루의 침을 뽑아냈다.

그런데 제갈구와 양양, 관인은 진자강이 독침을 던지려 준비하는 걸 보면서도 피하거나 막으려 하긴커녕 환단을 더 급하게 삼키는 게 아닌가!

진자강은 기분이 싸해졌다. 독을 빼고 빈 침을 던졌다. 앞을 제갈가의 무사가 몸으로 가리고 있어, 진자강의 침은 양양과 관인 두 사람의 몸에만 박혔다.

"큭!"

"윽!"

특별히 혈도를 노린 것도 아니라서 진자강이 피해를 감수하며 던진 침은 무용지물이었다.

진자강은 침을 던지면서 한 번의 칼질을 허용했다. 등줄기에 화끈한 느낌이 왔다. 그리고 양옆으로도 검이 떨어지고 있는 중이었다. 진자강은 공중에서 몸을 비틀어 바닥과 몸이 수평이 되게 한 후 급한 대로 양발을 좌우로 뻗어 제갈가 무사들의 손목을 찼다.

퍼퍽!

한 명은 손목이 꺾이고 한 명은 검을 놓쳤다. 진자강은 그 반동으로 재도약하여 몸을 세우곤 팽이처럼 상체를 돌리며 다시 양발을 뻗어 무사들을 찼다. 이번엔 여유 있게 호흡을 하여 아까보다 이 광제의 내공을 더 가할 수 있었다.

우두둑 와직! 옥허구광 오뢰합마공의 오 광제 내공이 담긴 발차기에 한 명은 목이 부러졌고, 다른 한 명은 가슴이 내려앉았다.

진자강의 등에 일검을 가한 무사가 허리를 찔러 왔다. 진자강은 몸을 돌리면서 정면에서 무사의 검에 손가락을 대어 발경했다.

티이이이잉!

검이 활처럼 휘어지며 부러질 듯하다가 퉁겨지며 반대쪽으로 휘어져 좌우로 크게 휘청거렸다.

펄렁펄렁!

무사는 검이 좌우로 펄렁대는 힘을 이겨 내지 못하고 손아귀가 찢어졌다. 검의 손잡이를 놓쳤다. 검은 공중에서 예상할 수 없는 방향으로 펄럭대며 회전하다가 무사의 얼굴을 그었다.

"악!"

진자강은 곧바로 공중에 뜬 무사의 검을 잡고 쭉 아래로 후려쳤다.

내공을 크게 담을 필요도 없었다. 퍽, 소리와 함께 얼굴이 크게 베인 무사의 머리에 검이 틀어박혔다.

무사는 진자강을 빤히 보다가 앞으로 쓰러져 죽었다.

진자강은 등줄기가 축축해진 채로 몸을 돌려 세 사람을 보았다.

진자강의 침을 맞은 양양과 관인이 긴장한 채로 가만히 있다가 아무런 이상이 없는 걸 깨닫고 활짝 웃었다.

"호, 호호호! 정말로 효과기 있었어!"

"으하하하! 태사부님 말씀대로야. 이제 독룡의 독은 무용지물이다!"

진자강은 빈 침이라고 말하려 했다. 그러나 관인이 한 말이 진자강의 말을 멈추게 했다.

"태사부?"

진자강은 한 사람, 제갈구가 아직 그때까지도 눈치를 보며 환단을 삼키지 않은 걸 확인했다.

제갈구는 양양과 관인이 멀쩡한 걸 보고 나서야 환단을 입으로 가져가는 중이었다.

진자강은 그제야 이들 아비앵화단이 왜 이상한 말과 행동을 하고 있는지 알 수 있었다.

망료다. 망료가 부추긴 것이다.

진자강은 공격을 해서 제갈구를 멈추게 하려다가 손쓰길 포기하고 팔을 내렸다.

"망료가 준 약입니까?"

제갈구가 '흐흐' 하고 웃으며 답했다.

"감히 태사부님의 본명을 부르다니. 그렇다. 네놈 해독약이 없는 수라혈만 믿고 오만방자하게 날뛰었겠다? 하지만 그것도 이제 끝이야. 태사부님께서 직접 제조하신 이 피독제는 네 독에 상극이지!"

"예전에······."

진자강이 말을 끌다가 이었다.

"이런 일을 본 적이 있습니다. 그 환단 먹지 않는 게 좋을 겁니다."

"흥, 웃기고 있어. 네 독이 통하지 않으니 무서운 거냐?"

"독이 없으면 나를 이길 수 있을 것 같습니까."

"네 독이 통하지 않으면 우리가 이긴다! 아까 소림사에서도 태사부님과 같은 말을 했다. 독만 없으면 네놈의 무공은 별것 아냐!"

하다 하다 이제는 망료가 대단하단 생각이 들 정도다. 어떻게 꼬드기고 충동질을 하였기에 진자강을 겪고도 자신들이 이길 수 있다 생각하게 만들었단 말인가?

"눈으로 보고, 직접 겪었는데도 아직 모르고 있습니까?"

진자강에게 발치에서 싸늘한 주검이 된 세 명의 제갈가 무사들이 진자강의 무위를 증명하고 있었다. 하지만 제갈구는 오히려 비웃었다.

"감히 가신 가문 따위와 직계 가문의 무력을 비교하다니. 일전에는 청성파의 도사가 있었고, 이번엔 예상치 못하게 소림사의 고승이 여기에 있어서 일이 이렇게 됐을 뿐이다. 네놈 혼자였으면 너는 벌써 죽은 목숨이란 걸 모르느냐?"

진자강은 손을 내밀었다.

"헛소리 말고 살고 싶으면 내놓으십시오."

"개수작하고 자빠졌네."

"개수작이 아닙니다. 이미 많은 이들이 당신을 주목하고 있습니다."

제갈구가 주변을 둘러보다가 깜짝 놀랐다.

수라혈을 이겨 낼 수 있는 피독제를 거론한 순간부터 싸움을 벌이고 있던 고수들의 눈길이 자신을 향하고 있지 않은가! 자기들끼리 싸움을 벌이면서도 제갈구를 보고 있다.

제갈구는 피독제를 빼앗길까 봐 던지듯 냉큼 입안으로 집어넣었다.

그때 제갈구의 머리 위에 그림자가 드리워졌다.

퍼억!

금박이 둘린 피독제가 뒤쪽으로 날아가 바닥을 또르르 굴렀다.

입안으로 피독제를 던지고 있었는데, 던지고 있는 자세인 손은 그대로인데 피독제를 받아먹어야 할…… 입을 벌리고 있던 제갈구의 머리가 없어져 있었다.

대신 바닥에는 사람 한 명이 서 있는 정도의 구멍이 깊이 패어 있었고, 구멍의 좌우에는 피떡이 된 덩어리들이 퍼져 있었다.

피독제를 던지고 있던 손, 정확히는 팔꿈치 위가 사라져 붙어 있을 수 없게 된 팔이 바닥으로 떨어졌다.

언제 위에서 뛰어내렸는지 금강승이 그 구멍의 뒤에 서

있었다.

좌우에 있던 양양과 관인이 대경하여 비명을 질렀다.

"꺄아아아악!"

"제갈 형!"

무각이 '흘흘' 하고 웃었다.

"수라혈의 피독제라고?"

제갈구는 아주 잔혹하게 죽었다.

그러나 제갈구의 육편을 보고 겁을 먹은 건 아비앵화단의 청년들뿐이다.

임이언과 함근 등의 관심은 피떡이 된 육편이 아니라 바닥을 구르는 금박 환단 한 알에 쏠려 있었다.

분위기가 아까와는 확연히 달라졌다.

무각이 턱을 딱딱 떨면서 말했다.

"재밌어졌도다."

임이언은 냉정하게 말을 받았다.

"사람을 짓눌러 터뜨려 놓고 재밌다 할 것은 아니지 않습니까."

"그런 말이겠느냐?"

"몰라서 물었겠습니까?"

"흘흘."

재밌다는 말은 아비앵화단을 두고 하는 말이 아니었고, 임이언도 마찬가지였다.

당금 강호에서 가장 큰 소문을 몰고 다니는 게 바로 독룡 진자강이다. 진자강의 행적, 일거수일투족에 모두의 이목이 집중되어 있는 상황이었다.

그런 진자강이 심지어 염왕 당청의 친서를 가지고 소림사로 가는 길이었으니, 이만큼 이목을 끄는 일이 없다. 강호 전체가 보고 있다고 해도 무방할 지경이었다.

검후 임이언이나 재이검객 남궁걸쯤 되니 태연히 나타났지, 어중간한 이들은 낄 생각도 하지 못할 정도였다.

그런데…….

이런 자리에 한주먹감도 안 되는 애송이들이 나타났다.

자신들의 숫자와 현재의 위세를 믿고 왔다고는 하지만, 이 자리의 고수들이 보기에 아비앵화단의 애송이들은 다섯 살 어린아이나 다름이 없었다.

서른 살 어른에게 다섯 살 어린아이가 수십 명이라고 해서 무섭겠는가. 그저 다 죽여 버리면 뒤처리가 귀찮아진다는 정도에 불과하다.

주제 파악이 되지 않은 것이라고만 보기엔 어딘가 거슬리는 점들이 있었다. 하여 어울리지 않는 애송이들이 대거 등장한 것만도 뭔가 찜찜한 일인데, 여기에서 끝이 아니었다.

심지어 애송이들은 수라혈을 이겨 낸다는 피독제까지 들고 있었던 것이다!

수라혈은 강호에서 최악의 독 중 하나로 인식되는 중이었다.

그런 수라혈의 피독제가 있다면 그것은 만금의 값어치가 있다고 해도 무방하다.

한데 그런 보물을 전혀 지킬 힘도 없는 애송이들이 들고 있는 것이다.

참으로 어처구니가 없는 일이 아닐 수 없었다. 아까까지는 거슬리고 찜찜한 정도였다면, 이제는 대놓고 무언가 있다는 생각이 들게 만들었다.

만일 피독제를 만들었다는 이의 이름을 듣지 않았다면 무인들도 적당히 황당한 경우로 치부하고 코웃음이나 치고 말았을 터였다.

망료.

망료는 운남 지독문의 유일한 생존자이자 진자강과는 오랜 원수 관계였다.

그런 그가 피독제를 만들었다고 하면 분명히 설득력이 있다. 절대로 그냥 무시하고 넘어가기 어렵다.

무각이 재밌다고 한 게 바로 이 부분이다.

무각은 뒤틀린 목으로 웃으면서 말을 내뱉었다.

"구린 냄새가 나는구나."

그것은 이번에도 아비앵화단이 아닌 아비앵화단을 조종해 이곳으로 보낸 자를 향한 말이었다. 물론 그것도 망료일 테지만.

무각의 말을 이번엔 남궁걸이 받았다.

남궁걸은 검강이 계속해서 내공을 빨아먹고 있어서 약간은 초췌해진 표정으로 말했다.

"뭐, 그렇소이다. 다 각자의 이유가 있고 계산이 있는 것 아니겠소이까? 화산파의 함 대협이 제자가 죽기 직전까지 움직이지 않고 있던 것도 마찬가지고 말이외다."

소민이 조금이라도 살 가능성이 있었다면 함근은 무인들과 함께 무각을 죽이고 달아나려 했었을 것이다. 홀로 무각을 상대하는 것보다는 그래도 이후 검후나 재이검객을 상대하는 게 살 가능성이 일 푼이나마 높으니.

하지만 소민이 죽음으로써 함근은 굳이 일 푼의 가능성

에 목숨을 걸 필요가 없어졌다.

차라리 여기 있는 이들을 모두 지옥으로 끌고 가는 것이 정의회나 화산파에 큰 이익이 된다. 게다가 그것은 구 할보다도 높은 가능성이 있었다.

"그런 면에서 보자면 독룡이 우리 중에 가장 인내심이 있었군요. 제일 나중에 움직였으니 말이외다. 선승보다도 낫소이다."

"내가 일부러 시간을 끌었다 생각하느냐?"

"솔직히 말하자면 나는 소림사가 정말로 생사부의 대상을 이미 결정해 놓았는지도 의심스럽소이다. 왜 굳이 한 명씩 상대하며 간을 보았을까…… 궁금했었단 말이외다."

남궁걸이 말을 이었다.

"그게 아니면 선승께서 우리를 한 명씩 상대할 이유가 뭐가 있었겠소이까."

"여전히 궁금하다는 뜻인가, 아니면 지금은 궁금하지 않다는 뜻인가."

남궁걸이 겉보기로 검을 휘둘렀다.

"이젠 재밌을 저지가 아니라서 그러하외다."

검 끝에 맺힌 검강이 바닥이며 부러져서 놓인 탁자며 모든 것을 가르고 지나갔다. 남궁걸은 싸우지 않을 때에는 최대한 검강에 들어가는 내공을 줄이고 있다. 하지만 이미 검강은 최고조에 달해 있었다. 응축된 기운이 소름이 끼칠 정도로 느껴지며 최대로 밝아졌다.

이 시간이 지나면 검강의 위력은 점차 줄어들어서 곧 남궁걸은 힘을 모두 소진하게 되고 말 터였다.

"안타깝게도 나는 느긋하게 즐길 수 없는 신세라, 모든 일에 재미가 없어졌으니 양해를 부탁드리겠소이다."

남궁걸은 검강으로 인해 내공 소모가 극심한데도 몸 안에 내공을 돌려 더욱 빠르게 소모를 가속시켰다. 단시간 내에 승부를 보겠다는 뜻이다.

"독룡. 잠깐 물러서게."

쾅!

남궁걸이 발을 구름과 동시에 바닥이 박살 나고, 남궁걸의 신형은 순식간에 무각의 앞에서 나타났다. 그리고 바닥에 구르고 있던 환단도 다른 데로 다시 굴러가 버리고 있었다.

그아앙! 검강이 공기마저 태워 버리며 기이한 바람 소리를 냈다. 무각을 안은 금강승이 몸을 돌리며 살짝 피했다. 지이익, 팔꿈치 위쪽 어깨 살점이 검강의 끝에 스쳐 베였다. 피가 줄줄 흘러나왔다. 검강에 베이면 점혈을 해도 피가 잘 멈추지 않는다.

남궁걸은 재차 발을 굴렀다.

쾅! 쾅! 발을 구를 때마다 남궁걸은 이형환위의 수법을 쓰는 것처럼 번쩍거리며 허공에서 갑자기 나타났다. 최고조의 속도로 움직이는 것이다.

금란철주와 검강은 상극이다. 단단함을 무기로 하는 소림사의 외공으로서는 상대가 극히 어렵다.

삽시간의 금강승의 팔다리가 베이며 핏물이 길게 흘러나왔다.

금강승이 숨을 들이쉬었다가 포효했다.

크어허엉!

객잔이 쩌렁쩌렁 울렸다. 무각에 비할 바는 아니더라도 사자후 자체의 위압감이 남궁걸의 쇄도를 잠시나마 늦췄다. 하지만 천공신검의 검강은 조금도 줄어들지 않았다.

금강승은 멀리 달아나지 않고 검강에 의한 피해를 최소한으로 감수하며 자리에서 버티고 있었다. 뒤쪽에 있는 피독제 때문이다. 남궁걸도 그걸 알기에 내공의 소진이 급속도로 이루어짐에도 최대로 몰아붙이고 있었다.

피독세에 관심이 있는 선 신사상노 마산가시나. 진자강은 남궁걸의 진각에 사방으로 굴러가고 있는 환단을 줍기 위해 달렸다.

나한승 한 명이 진자강의 앞을 막아섰다.

진자강은 허리 뒤로 손을 옮겨서 단봉 두 자루를 꺼내 쥐곤, 나한승의 머리를 단봉으로 후려쳤다. 나한승이 팔뚝을 들어 막았다. 진자강이 단봉을 그대로 내려치려다가 나한승의 다리를 찼다. 나한승이 진각을 밟으며 힘을 주어 버티자, 다시 팔뚝을 단봉으로 후려쳤다.

깡!

단봉과 팔뚝의 소매가 부딪치며 쇳소리를 냈다. 진자강이 반대쪽 단봉으로 나한승의 목을 쳤다. 나한승이 맨손으로 단봉을 받아 잡으면서 진자강의 코를 철두공으로 들이받았다.

팍! 갑자기 나한승의 손에서 피가 뿜어지며 나한승의 동작이 멈췄다. 진자강의 단봉을 잡은 손바닥을 뚫고 손등으로 길게 낫의 날이 튀어나와 있었다. 나한승의 얼굴이 일그러지고 턱에 핏대가 섰다.

나한승은 고통을 참으며 발을 들어 진자강의 무릎을 밟았다. 진자강이 몸을 돌리며 단봉에서 낫으로 변한 절겸도를 당겨 빼내었다. 나한승의 손등이 중간에서부터 반으로 갈라지며 절겸도가 빠져나갔다.

"크윽!"

나한승은 신음을 내뱉으면서도 끝끝내 진각을 밟으며 전진해 진자강의 가슴을 이마로 들이받았다.

진자강은 절겸도의 날 등으로 나한승의 목을 밀어서 막았으나 나한승은 목에 힘을 주고 끝까지 밀고 와 진자강의 가슴을 받았다.

우두둑. 진자강의 가슴에서 불쾌한 소리가 났다. 늑골에 금이 갔다. 진자강은 절겸도를 든 채 한 바퀴 제자리에서 돌았다. 풀려나온 탈혼사의 백사가 나한승의 목을 감았다. 진자강이 양팔을 벌려 절겸도를 벌리며 탈혼사를 조이려 했다.

무각의 외침이 들려왔다.

"공혼!"

동시에 진자강의 뒤에서 묵직한 기세가 느껴졌다. 금강승 공혼의 거대한 그림자가 뒤에 있었다. 무각을 안은 금강승 공도는 남궁걸과 싸우고 있었고, 지금 나타난 금강승 공혼은 임이언과 싸우던 금강승이다.

진자강은 뒷발길질을 하여 뒤에서 달려들던 공혼의 가슴을 차고 공중에 역으로 떠올랐다.

펑펑!

여전히 나한승의 목에는 탈혼사가 감겨 있었고, 탈혼사는 절겸도에 이어져 있었다. 진자강은 나한승을 뛰어넘어서 나한승의 허리에 자신의 등을 댄 후, 들어 올려서 메쳐 버렸다.

쿠당탕!

나한승이 앞으로 던져져 등이 바닥에 닿으며 대자로 떨어졌다. 나한승은 낙법을 사용하지 않고 바닥에 내팽개쳐짐과 동시에 목에 감겨 있는 탈혼사와 목의 사이에 양손을 팔목까지 밀어 넣었다. 팔목의 소매로 철포삼을 펼쳐서 탈혼사가 쉽게 조여지지 못하게 했다.

탈혼사가 팽팽하게 당겨졌지만 철포삼에 걸려 더 이상 자를 수 없었다.

그사이 공혼이 진자강을 다시 공격하려 하자 임이언이 자신과의 싸움 중에 이탈한 공혼을 공격했다.

"어딜!"

임이언의 검이 제비처럼 공혼의 관절 부위들을 쓸고 지나갔다.

목 뒤, 겨드랑이, 발목, 오금.

공혼은 진자강을 쫓아가지 못하고 제자리에서 버티며 금란철주로 방어했다.

카카캉! 여러 줄의 불꽃이 튀었다. 위에서는 육하선이 뛰어내리면서 환희정녀의 가루를 뿌리고, 공혼의 머리를 압정도로 내리쳤다.

압정도가 공혼의 머리 위에서, 정확히는 철두공을 펼친 정수리에서 폭발했다.

콰장창!

도의 파편 수천 조각이 머리 위에서부터 아래로 공혼의 전신을 쓸고 내려갔다. 금란철주로 방비하고 있는 가사에서 수많은 불똥이 튀었다.

공혼의 정수리는 철두공으로 방비되어 멀쩡했으나 귀와 콧등, 광대뼈, 입술 등의 안면은 전부 도편(刀片)에 쓸렸다. 살점이 떨어지고 피가 줄줄 흘러 얼굴이 피로 물들었다.

그러나 임이언도 하마터면 압정도의 사정권에 들어 당할 뻔했다. 임이언은 급히 검막을 펼치며 뒤로 훌쩍 물러났다.

"못된 것 같으니!"

"호호호!"

육하선은 웃음으로 흘려 넘기면서 공중제비를 넘어 바닥에 착지했다. 그러곤 바닥에 놓여 있는 환단을 주우려 했다. 얼굴이 피투성이가 된 공혼이 진각을 밟았다.

꽝! 마룻바닥이 진동하며 환단이 튀어 올랐다.

"아?"

육하선의 시선과 고개가 환단을 따라갔다. 몸을 날려서 공중에 떠오른 환단에 손을 뻗었다.

그때 무각을 안고 있는 금강승 공도가 똑같이 몸을 날려 반대쪽에서 환단을 향해 뛰었다. 비슷하지만 육하선이 조금 빠르게 환단을 쥘 수 있을 것 같았다.

육하선과 공도의 손이 서로 함께 공중에 떠오른 환단을 향해 있었다.

그 모습을 그대로 두고 보지 않은 것은 의외로 안령이었다. 안령은 힘껏 칼을 휘둘러 함근을 살짝 물려 낸 후에 허리춤에서 술이 든 호리병을 꺼내 입에 대고 술을 머금었다.

그러곤 환단을 향해 술을 뿜어냈다.

푸우웃!

내뿜은 술에는 내공이 담겨 있었으나 사람을 해칠 정도는 아니었다. 대신 굉장한 속도로 술 방울이 쏘아져 환단을 튕겨 날려 보냈다.

"이런……."

육하선의 얼굴이 찡그려졌다.

공도의 손 아래에서 무각의 비틀리고 야윈 손가락이 부들거리며 앞으로 나오고 있었다. 육하선은 공중에서 자신의 발등을 찍고 한 번 더 도약해 몸을 세 번이나 비틀어서 공도와 무각의 위로 훌쩍 넘어 다시 이 층으로 올라섰다.

남궁걸이 소리쳤다.

"피하시오!"

그것이 누구를 향한 외침인가.

이 층의 난간을 넘어서 복도로 사뿐히 올라선 육하선은 불현듯 고개를 돌려 난간 아래를 내다보았다.

임이언은 얼굴이 온통 쓸려서 피를 뚝뚝 흘리고 있는 금강승 공혼과 싸우는 중이고, 안령은 다시 함근과 싸우고 있었다. 그리고 남궁걸, 금강승 공도가 자신을 쳐다보는 중이었다.

왜?

의문을 느낄 새도 없이 다리가 서늘해졌다. 다리부터 등줄기, 목에까지 소름이 쭉 돋았다.

"어?"

육하선의 입에서 의문의 탄성이 나왔다. 영문은 모르지만 불길한 느낌을 느꼈다면 바로 움직여야 산다.

육하선은 바로 발을 굴러 뛰려 했으나 발이 떨어지지 않았다. 마치 아래에서 누군가 자신의 발을 잡아당기는 듯했다.

육하선은 입술을 깨물고 내공을 최대로 발에 집중했다. 그러나 내공을 써서 발을 떼지 않고 오히려 천근추의 수법으로 내공을 집중했다. 그러곤 오른발 용천혈에서 최대의 내공을 뿜어냈다. 집채만 한 바위도 박살 낼 수 있는 위력의 내공이었다.

하지만 육하선이 뿜어낸 내공은 아래로 향하지 못했다. 항거할 수 없는 힘에 부딪혀 오히려 반대로 치밀어 올랐다.

퍼억!

육하선의 눈앞에서 피와 살, 나무판자로 만들어진 원형 기둥이 치솟았다.

"아……!"

육하선의 오른쪽 넓적다리 아래가 보이지 않았다. 나풀 거리던 사라 비단도 끊긴 넓적다리에서부터 똑같이 절단되어 있었다.

육하선은 저도 모르게 위를 올려다보았다.

이 층 전각의 천장 대들보에 뭉개진 덩어리가 비단과 엉켜 들러붙어 있다가 피를 뚝뚝 떨어뜨렸다.

덩어리의 정체는 이 층의 복도 바닥에 얹은 나무판자와 자신의 다리를 구성하고 있던 피와 살이었다.

뚝뚝 떨어지는 핏방울을 따라 육하선의 시선이 아래로 내려갔다.

오른발이 딛고 있었던 아래에는 둥그런 구멍이 뚫려 있고, 그 아래에 전신이 기괴한 모양으로 비틀린 왜소한 무각의 모습이 보인다. 무각이 떨리는 손가락을 위로 향하곤 아래로 떨어지는 중이었다.

금강승 공도가 무각을 위로 던져 무각이 이 층 복도 아래에서부터 위로 공격한 것이다.

한순간 넋을 놓았던 육하선의 얼굴이 고통으로 일그러졌

다가 무각을 본 순간 노기로 차올랐다.

"죽어!"

육하선은 아래 뚫린 구멍을 향해 쌍장을 날리려 손을 들었다.

금강승 공도가 무각을 받기 위해 움직였다.

"어딜 가시외까!"

남궁걸이 공도에게 검강을 뿜어 움츠러들게 만들고 진자강이 공도의 발등을 절겸도로 찍었다. 공도가 진자강을 보지 못한 상태에서도 위기를 느끼고 발을 빼내었으나 진자강은 연속으로 두 자루의 절겸도로 공도를 따라가며 찍어 댔다.

파파팍! 바닥에 계속해서 구멍이 생겨났다.

등 뒤에서 날아오는 검강 때문에라도 공도는 더 이상 뒤로 물러설 수 없게 되었다.

마침내 절겸도가 공도의 왼쪽 발등을 뚫고 바닥까지 박혔다. 공도가 고개를 번쩍 치켜들었다. 진자강과 눈이 마주쳤다. 진자강의 눈빛이 서늘했다.

반대로 공도의 얼굴은 시뻘게졌다.

독룡 진자강에게 부상을 입었다는 것이 무엇을 의미하는가.

공도는 절겸도가 박힌 왼발에 내공을 보내 독이 퍼지는

걸 막았다. 동시에 손바닥을 펼쳐 아래에서부터 위쪽 사선으로 쓸어 올리듯 진자강의 뺨을 후려쳤다. 단순한 따귀가 아니라 맞으면 목이 부러지는 외가장법이다.

소림이파(少林耳巴)!

진자강은 바로 절겸도를 놓고 몸을 옆으로 굴렸다.

부아아앙! 엄청난 풍압과 함께 마룻바닥이 들썩거렸다. 공도의 손바닥이 진자강을 맞추지 못하고 이 층 난간을 받치고 있는 기둥을 때렸다.

와지끈! 기둥 중간이 그대로 터져 나가면서 부러졌다. 이 층 난간이 끽끽거리는 소음을 내며 기울어졌다. 난간 아래쪽에 붙어서 피해 있던 청년들이 놀라서 달아났다.

그사이 진자강은 바닥을 구르며 공도의 발뒤꿈치를 절겸도로 후렸다. 과연 당가의 무기 장인 번우가 만든 병기의 날카로움은 대단했다. 진자강은 거의 힘도 들이지 않고 공도의 뒤꿈치 힘줄을 끊어 낼 수 있었다.

왼발은 절겸도에 찍혀서 마룻바닥에 고정되어 있고 오른발은 뒤꿈치가 잘렸다. 공도는 더 이상 서 있지 못하고 오른쪽 무릎을 꿇었다.

남궁걸은 무릎을 꿇은 공도와 그 위쪽 상황을 빠르게 훑어보았다. 외발이 된 육하선은 난간이 심하게 흔들리며 기울어지자 떨어지지 않도록 난간을 붙든 채였다. 그리고 무각 역시 손가락을 벽에 박곤 기다리는 중이다.

가장 큰 무기인 손가락이 봉쇄된 셈인 것이다.

남궁걸은 즉시 기울어진 공도의 등을 밟고 뛰어올랐다. 공도보다도 무방비 상태인 무각을 잡는 것이 우선이었다.

공도가 절겸도를 뽑아내고 팔을 뻗어 남궁걸을 잡고자 하였으나, 남궁걸은 벌써 무각을 향해 뛰어오른 후였다.

남궁걸은 검을 위로 치켜들었다.

남궁걸의 검 끝이 요동쳤다. 검신이 눈에 보이지도 않을 만큼 엄청나게 진동했다.

약수천변(若水千變).

천공신검 최고의 한 수였다.

남궁걸의 검은 계곡의 물처럼 흐르고 또 흐른다. 커다란 바위가 막고 있어도 옆으로 흐를 것이며, 산사태로 토사가 물길을 막아도 지하 깊이까지 스며들어 또다시 흐른다.

그리하여 끝끝내 바다에까지 이르고야 만다.

무각이 어떤 방식으로 방해하더라도 이 한 번의 검초는 끝까지 이어져서 무각의 몸을 반으로 가를 터였다.

부각을 향해 날아가는 남궁설의 앞을 마지막 남은 나한승이 뛰어올라 가로막았다. 손바닥이 반으로 잘려 있는 나한승이 양손으로 대계도를 쥐고 온 힘을 다해 도법을 펼쳤다.

단단하기 이를 데 없는 대계도가 수십 번이나 도광을 뿜어내며 나한승의 전면에 도막을 만들어 냈다.

남궁걸이 수직으로 검을 그어 내렸다.

남궁걸의 검은 씨줄과 날줄로 이루어진 경위(經緯)의 도막에 수직으로 떨어지고 있었으나 아무런 방해도 받지 않은 것처럼 도막과 나한승의 대계도와 몸을 그대로 통과했다. 마치 형체가 없는 그림자가 나한승의 몸을 통과하듯.

쩌억.

나한승의 몸이 좌우로 갈라졌다.

남궁걸은 좌우로 갈라지는 나한승의 몸뚱이 사이를 지나 무각에게 날아갔다.

쉬이익. 이미 남궁걸의 검에서는 김이 피어오르는 중이다. 곧 검강이 끝난다.

그러나 한 칼이면 족하다. 제아무리 무각이라도 검강을 맞고서야 살 수 없을 것이다!

"성불하십시오!"

무각은 천공신검 약수천변의 위력을 알아본 듯 벽에서 손가락을 뽑았다.

그러곤 떨어지는 검강을 향해 자신의 손가락을 가져다 댔다. 그것은 거의 칼에 목덜미를 들이미는 것이나 다름없는 무모한 행동이었다.

검강과 무각의 손가락이 거의 닿을 듯, 닿지 않았다.

남궁걸의 검 끝이 가로막혀 부르르 떨었다.

그리고.

검 끝에서부터 강기가 붕괴되어 가기 시작했다.

빛이 산란하며 덩어리가 뭉개지고 검신이 으깨지고, 검 손잡이를 쥔 남궁걸의 손목과 팔뚝과 팔꿈치의 살갗이 밀려 나갔다. 뼈가 비틀리고 근육이 눌려 불룩해지면서 으깨지듯 터졌다.

커다란 원기둥이 남궁걸의 오른쪽 어깨와 가슴, 복부까지 한꺼번에 밀고 날아갔다.

"허⋯⋯!"

남궁걸은 믿지 못하겠다는 표정으로 추락했다. 무각도 함께였다.

진자강이 탈혼사 백사가 감긴 절겸도를 던졌다.

절겸도가 뱅그르르 돌면서 무각을 향해 날아갔다. 금강승 공혼이 벽을 타고 달려와 절겸도를 발바닥으로 차 벽에 박아 버렸다. 그러곤 줄을 타듯 금란철주가 깃든 정강이로 백사를 눌러서 그 단력으로 튕겨 올라신 공중제비를 돌아 착지하려 했다.

진자강이 반대쪽 손을 펼쳐 허공에 뻗었다가 꽉 쥐고 당겼다.

보이지 않는 묵사가 한 줄 더 절겸도에 걸려 있었다. 공혼의 다리에 묵사가 휘감겨 조여졌다. 금란철주에 막혀 종아리를 자르지는 못했으나, 공중에서 다리가 잡힌 꼴이 되어 공혼은 바닥에 머리를 처박게 되었다. 공혼이 필사적으로 몸을 틀어 엉덩방아를 찧고는 무각이 깔리지 않도록 가슴을 위쪽으로 했다.

위에서 육하선이 뛰어내리며 무각에게 일장을 가했다.

공혼이 무각을 감싸며 머리로 육하선의 장을 막았다.

퍽!

공혼의 목은 두껍기 이를 데 없어서 타격으로는 흔들리지도 않았다. 육하선은 내가중수법으로 장심에서 내공을 쏟아냈다. 공혼의 머릿속으로 육하선의 내공이 파고들었다. 공혼의 뇌가 진탕되며 머리 안에서 내공이 팽창했다.

머릿속에서 커져 가는 압력 때문에 눈의 실핏줄이 터져 붉어지고 금세 코피가 흘러나왔다. 압정도의 도편이 쓸고 간 상처로 인해 패이고 너덜거리는 얼굴 전체에서 피가 줄줄 새었다.

함께 뿌려진 환희정녀의 독분에 공혼의 눈이 가물거리기 시작했다.

공혼의 품에 안긴 무각이 소리쳤다.

"가알(訶謁)!"

공혼의 눈동자 초점이 빠르게 돌아왔다.

공혼은 즉시 사자후를 터뜨리며 머리로 스며든 내공을 외부로 분출해 해소시켰다.

"크어헝!"

사자후와 함께 얼굴에서 피가 사방으로 쫙 뿌려졌다.

육하선은 사자후의 파동에 벽까지 밀려나 처박혔다. 넓적다리 아래가 통째로 날아갔는지라 피가 쉴 새 없이 쏟아졌다.

"으윽……."

육하선은 급격한 출혈로 정신을 차리지 못하고 정신이 흐려졌다.

공도가 그나마 움직일 수 있는 꿰뚫린 발등으로 바닥을 찍고 거의 기다시피 육하선에게 쇄도했다.

마무리를 위해서다.

오른쪽 가슴이 날아간 남궁걸이 왼손으로 공도의 발목을 잡았다. 남궁걸은 공도에게 거의 질질 끌려가다시피 했다. 공도가 바닥에 등을 대고 누워 발을 들었다가 남궁걸을 내려찍었다.

우적! 남궁걸의 안면을 박살 내며 공도의 발뒤꿈치가 푹 들어갔다.

남궁걸의 몸이 움찔거리고 떨다가 경직되면서 서서히 뻣

뻣해졌다. 그래도 끝까지 왼손은 공도의 바짓가랑이를 붙들고 놓지 않은 채였다.

공도가 엎드린 자세로 바꿔 발을 흔들어 남궁걸을 털어 내려 했다. 그의 앞에 다른 이의 다리가 나타났다. 공도가 고개를 들었다. 진자강이 내려다보고 있었다.

진자강의 입술이 일그러지는가 싶더니, 날카로운 파공성과 함께 절겸도가 뚝 떨어졌다.

공도가 철두공으로 절겸도를 받아 냈다.

캉!

쇳소리가 났다. 불꽃이 튀면서 절겸도가 튕겨 났다.

공도는 어림없다는 듯 고개를 들고 비웃었다.

"그 정도로 뚫릴 것 같으냐?"

검강이 아닌 일반 날붙이로는 흔적도 만들기 어렵다. 상처가 나지 않으면 독도 먹히지 않는다. 그러나 검강을 일으키면 되레 날에 발라 둔 독이 타 버리게 된다.

때문에 독이 아무리 강력해도 날붙이를 이용해 중독시키는 데에는 한계가 있었다.

최고 수준의 고수를 상대로 독을 쓰기 어려운 이유. 그리고 독을 쓰는 데 있어 은밀함이 제일 강조되는 이유다.

공도의 비웃음에는 그러한 의미가 담겨 있었다.

하지만 진자강은 무뚝뚝하게 대꾸했다.

"그렇습니까?"

그러더니 또다시 절겸도를 내려찍었다. 공도가 고개를 살짝 숙여 이마 위쪽 정수리로 절겸도를 받아 냈다.

캉!

이번에도 절겸도는 공도의 머리에 상처를 입히지 못했다. 금강승의 철두공은 검기로도 가르기 어려운 단단한 호신공부의 절정이었다.

공도가 머리를 들고 일어나려다가 급히 고개를 숙였다.

캉!

진자강이 또 절겸도를 휘두른 것이다.

캉! 카앙! 캉!

공도는 좀처럼 머리를 들 수가 없었다. 진자강이 계속해서 공도의 머리를 찍고 있었다. 정수리에서 이마까지는 철두공이 감싸고 있으나 그 아래 안면부는 철두공이 닿지 않는다. 공혼이 그래서 압정도에 안면을 크게 상한 것이다.

때문에 진자강이 통하지도 않으면서 낫을 미친 듯이 휘두르고 있는데도 공도는 얼굴이 찍힐까 봐 고개를 들기가 어려웠다.

캉! 카캉! 캉! 캉!

진자강은 아랑곳 않고 계속 절겸도를 휘둘렀다.

공도의 머리가 조금씩 위아래로 흔들리기 시작했다. 가

해지는 힘이 점점 세지고 있었다. 진자강이 계속해서 옥허구광 오뢰합마공의 내공을 늘리며 힘을 더하고 있기 때문이다.

절겸도의 날 끝에 머리가 뚫리지는 않는다 해도 충격은 계속해서 쌓인다. 아무리 목이 두꺼워도 버티는 데에는 한도가 있다. 공도는 계속 정수리를 맞으며 약간의 어지러움까지 느꼈다.

"이놈이······."

공도가 더 이상 참기 어려워 이를 악물고 손을 뻗어서 진자강의 발목을 잡으려 했다.

그 순간.

팍.

머리가 뜨끔해졌다.

공도는 움찔했다.

정수리에서 실 피가 흘렀다.

"······?"

꿰뚫린 건 아니다.

그냥 바늘에 찍힌 정도의 아주 작은 구멍이 났다.

하지만 철두공이 낫을 튕겨 내지 못했다는 건 이미 철두공이 무너지기 시작했다는 뜻이다.

진자강이 다시 휘두른 절겸도에 맞았을 때, 낫을 휘둘렀을 때. 공도는 머리에 큰 충격이 와서 하마터면 땅에 이마를 처박을 뻔했다.

공도는 목에 힘을 주고 바닥에 손을 짚어 버렸다.

이제야 사태의 심각성을 깨달았다.

낫의 뾰족한 끝이 철두공에 닿을 때마다 조금씩 발경이 섞여 있었다.

해월 진인이 진자강에게 알려 준 수법.

호신강기를 파괴하는 발경술.

그것이 철두공을 무너뜨리고 있었던 것이다.

으드득!

공도가 이를 갈며 어떻게든 방비하려 했지만 진자강은 또, 쉬지 않고 절겸도를 휘둘렀다.

칵!

이번에도 절겸도의 끄트머리가 박혔다. 공도의 눈동자가 흔들렸다.

"……!"

"안 뚫린다고 했습니까?"

신사상이 뇌물으며 핑ㅡ르르르. 손에서 절겸도를 돌렸다. 그러다가 바로 휘둘러 공도의 머리를 찍었다.

절겸도가 닿는 순간, 이번엔 아까보다도 더 큰 발경이 뿜어졌다.

펑!

콰직, 공도의 머리가 마룻바닥을 뚫고 박혔다.

진자강이 재차 절겸도를 휘둘러 찍었다. 공도가 온 힘을 다해 머리를 치켜들어 정수리로 절겸도를 쳐 내려 했다.

하지만 이미 철두공은 무너져 가고 있었다.

팍!

절겸도가 손가락 한 마디 깊이로 공도의 정수리에 박혔다.

진자강이 절겸도를 뽑아내자 공도의 정수리에 작은 세모꼴의 구멍이 뚫린 게 드러났고 거기에서부터 슈슛, 피가 분수처럼 솟았다.

절겸도가 박힌 자리를 통해 수라혈이 공도의 뇌로 침투했다.

공도의 눈에 핏물이 차올랐다. 눈가에 서서히 얼룩이 지며 꽃잎이 생겨나기 시작했다.

그때 무각이 외쳤다.

"파정(破精)하거라!"

눈이나 코가 없어도 죽지 않는다. 팔다리도 마찬가지다.

뇌만 보호한다면 얼마든지 살아날 수 있다.

순간 공도는 망설이지 않고 무각의 판단을 따랐다. 소림사의 제자라면 누구나 익히고 있는 동자공(童子功)의 정기(精氣)를 깨뜨리고 파정했다.

그리고 파정으로 인해 깨진 동자공의 정기를 고환에서부터 회음부로, 회음부에서부터 척수를 통해 머리까지 단숨에 끌어 올렸다.

동자공에는 대표적으로 두 종류가 있다.

하나는 혈도가 전혀 막히지 않은 갓난아이 상태로 몸을 되돌리는 반시(反始) 동자공이고, 또 다른 하나는 생명의 근원인 정기(精氣)를 외부로 누설하지 않고 단단히 단속하는 보정애기(寶精愛氣) 동자공이다.

그러나 추구하는 방향은 다를지언정 색(色)을 가까이하지 않는 방식은 유사하였다.

특히나 반시와 보정애기는 둘 다 도가에서 환정보뇌(還精補腦)라 부르는 방식과 일맥상통했다. 환정보뇌의 법은 남자가 교접 시에 정기를 배출하지 않고 머리로 되돌려 뇌에 정기를 공급하는 양생법이다.

대자연의 기를 호흡으로 받아들여 체내에 축적하는 것이 내공이며, 그 내공이 또다시 최대로 농축하여 집약된 기운이 바로 정기다.

무각은 내공보다도 더 강력한 동자공의 정기를 직접 뇌로 끌어 올려 수라혈에 대응하라 조언한 것이다.

곧 공도가 끌어 올린 동자공의 정기가 머리에 가득해졌다.

수라혈의 독기는 공도가 수십 년간 정순하게 보존해 온 정기를 뚫지 못하고 뇌 근처에서 맴돌았다.

정신이 맑아지고 혼탁함이 가셨다.

공도는 정기로 뇌를 보호하며 체내에 퍼져 있던 수라혈을 모두 끌어당겨 혀끝으로 모았다.

혀가 얼얼해지고 감각이 사라졌다.

공도는 스스로 혀끝을 물었다. 잘린 혀끝에서 수라혈의 지독한 독액이 침과 피에 섞여 흘러나오고, 이루 말하기 어려운 향들이 입 안에 가득해졌다.

이제 이 수라혈을 뱉어 버리면……!

공도가 막 입을 벌리려던 찰나에 진자강이 손을 뻗었다.

턱.

진자강의 손이 공도의 입을 틀어막았다.

공도가 파정하고 환정보뇌의 법으로 수라혈을 몰아내기까지 걸린 시간은 매우 짧았지만, 그동안은 거의 무방비 상태였던 것이다.

공도는 기겁했다.

빨리 뱉어 내지 않으면 수라혈이 상처가 난 입 안을 통해 다시금 흡수되어 버리고 만다!

"흐으읍! 읍!"

공도는 어떻게든 수라혈의 독액을 뱉어 내려 목을 이리저리 흔들어 댔다. 진자강의 손을 떼어 내려고 팔을 뻗었다.

그러나 진자강은 공도의 신경이 완전히 입에 쏠린 사이 절겸도를 거꾸로 쥐어 공도의 뒤통수에 가져다 대었다. 그러곤 비스듬히 당겨 올렸다.

뒤통수와 목 사이, 철두공이 미치지 못하는 뒷골 어림에 절겸도가 쑥 틀어박혔다.

아무리 정기로 뇌를 보호해도 뒷골 쪽으로 들어온 절겸도의 날로부터 뇌를 보호하지는 못했다.

공도의 눈이 크게 떠지며 눈동자가 완전히 점처럼 축소되었다.

꿀꺽…… 꿀…… 꺽…….

눈 초점이 풀어지며 공도는 뱉어 내려던 수라혈과 피를 모두 삼키고 말았다. 앞으로 뻗었던 팔이 축 처져서 떨어졌다.

진자깅은 공도의 입에서 손을 떼고 뒤통수에 박힌 절겸도를 뽑았다.

쿵.

공도의 머리통이 바닥에 힘없이 처박혔다.

진자강은 바로 장내를 살폈다.

임이언은 안령을 도와 함근을 몰아붙이는 중이었고, 육하선은 안색이 파리해져 벽에 기대앉아 있었다. 거의 정신이 나간 것처럼 눈을 멍하게 뜨고 새하얘진 입술을 덜덜 떨고 있었다.

짧은 시간 동안 엄청난 피를 흘린 탓에 지혈을 하기도 전에 넋이 나가 버린 모양이었다. 내버려 두면 일각 안에 과다 출혈로 죽게 될 터였다.

무각은?

진자강은 무각을 찾아 고개를 돌렸다.

아비앵화단의 청년들은 객잔 내에서 벌어지는 지옥 같은 광경에 겁을 집어먹고 구석에 몰려 있었다.

데구르르…….

하필 환단이 그쪽으로 굴러갔다.

치열한 싸움 중에 수라혈의 피독제가 청년들의 앞까지 굴러간 것이다.

저벅, 저벅.

칼로 수십 번쯤 긁은 듯한 얼굴을 한 공혼이 환단을 줍기 위해 그쪽으로 걸어가고 있었다. 무각은 공혼의 한 손에 안기어 들려 있었다.

"으아아아!"

"으아아!"

아비앵화단의 청년들은 비명을 지르며 벽 쪽으로 더 바짝 붙었다.

그러나 그중 다리가 부러진 청년 한 명이 무슨 생각이 들었는지 화급하게 달려들어서 거의 엎어지다시피 하여 환단을 주웠다.

공혼이 베여서 너덜거리는 눈꺼풀을 치켜들고 청년을 노려보았다.

"내놔라."

입술도 죄다 베여서 발음이 부정확했다. 하지만 충분히 알아들을 수 있는 말이었다. 청년이 놀라서 주저앉아 뒤로 물러나다가 환단을 손에 꽉 쥐고 소리쳤다.

"사, 사, 사, 살려 주십시오!"

피독제를 담보로 살아 나가겠다는 생각이 명확했다.

무각이 꺾인 목으로 청년을 가만히 보더니 물었다.

"몇 명이나?"

"네?"

잠시 어리둥절해하던 청년이 바로 대답했다.

"저 혼자면 됩니다!"

아비앵화단의 청년들이 분개했다.

"이런 치사한 놈!"

"자기 혼자만 살겠다고!"

청년이 소리 질렀다.

"닥쳐, 이 새끼들아! 나는 다리가 부러져서 혼자 움직이지도 못해!"

당연히 억지였다. 청년보다 부상이 심한 자들도 수두룩하고, 무엇보다 다리가 멀쩡하다고 해서 여기에서 벗어날 수 있는 것도 아니었다.

다행히도 무각은 다른 청년들의 바람에 부응하듯 답했다.

"안 돼."

청년은 깜짝 놀랐다. 환단을 꽉 쥐고 소리쳤다.

"나, 나, 나를 살려 주지 않으면 이 피독제를……!"

무각이 빤히 쳐다보며 물었다.

"어쩌겠다고?"

청년이 마른침을 삼키며 답했다.

"피독제를 머, 먹어 버릴거야!"

청년은 금방이라도 피독제를 먹을 것처럼 입 앞에 가져다 댔다.

무각이 혀를 찼다.

"좀 전에 본 놈과 똑같은 꼴이 되고 싶으냐?"

이판사판이라 생각했는지 청년이 악을 썼다.

"이런 쌍! 그럼 피독제도 없, 없는 줄 알아. 이 미친 땡중, 누가 더 손해인지 보고 싶어?"

다급해지니 뒷골목이나 전전하던 건달의 말투가 고스란히 드러났다.

무각의 눈빛이 서늘해졌다.

"먹어라."

"……지, 진짜 먹을 거야! 농담 아냐!"

무각의 눈에서 무지막지한 살기가 뿜어졌다.

"먹 · 어 · 라."

동시에 공혼이 청년에게로 성큼 다가섰다.

청년이 욕설을 내뱉었다.

"이 개 같은……!"

공혼의 모습이 훅 하고 사라졌다. 사라짐과 동시에 청년의 바로 옆에서 나타났다.

청년은 거의 울상이 되어선 입에다가 환단을 급하게 욱여넣었다. 무각의 비틀린 손이 공혼의 품에서 빠져나왔다.

청년은 젖먹는 힘까지 다 내어 입을 악다물었다. 이미 앞에서 제갈구가 어떻게 죽는지 보았다. 무조건 입 안에 넣어야 산다. 그래야 함부로 자기 머리를 터뜨릴 수 없을 것이다.

따 악!

어찌나 세게 입을 닫았는지 이가 부딪치며 끝이 깨지기
까지 했다.

그때엔 이미 무각의 손가락이 청년의 정수리에 닿아 있
었다.

청년의 앞모습은 의외로 멀쩡했다.

무각이 손을 회수하며 말을 내뱉었다.

"버르장머리 없는 놈."

청년이 이를 꽉 문 채로 피눈물을 줄줄 흘렸다.

"으으…… 으흐으윽."

기묘한 바람 새는 소리를 내며 울었다.

한데 청년이 입에 집어넣었던 환단은 청년의 뒤쪽으로
떨어져 구르고 있었다.

데구르르…….

분명히 입에 던져 넣고 이가 부러질 정도로 입을 닫았는
데.

이어 청년의 몸이 흐느적대더니 앞으로 엎어져서 핏물을
펑 하고 터지듯 왕창 쏟아 냈다.

아비앵화단의 청년들은 비명도 지르지 못했다. 사시나무
떨듯 떨었다.

청년은 앞에서 보기엔 멀쩡했으나 뒤쪽은 아니었다. 앞 부분만 있었다. 머리 뒤쪽을 포함해 몸 뒤쪽의 반이 없었다. 몸 뒤쪽 부분은 청년이 처음 앉아 있던 자리에 피떡이 되어 바닥에 눌어붙어 있었다.

그 때문에 입에 넣었던 환단이 목구멍을 통과해 그대로 빠져나온 것이다.

이제 청년들 중에 공혼이 피독제를 줍는 걸 방해하는 자는 아무도 없었다.

공혼이 피독제를 주워 무각에게 넘겼다.

진자강이 절겸도를 회수해 날에 묻은 피를 닦으며 무각에게 한마디를 던졌다.

"대사께선 사람 죽이는 걸 밥 먹듯 하시는군요."

공혼이 돌아서서 정면으로 진자강을 마주했다.

무각이 피독제를 떨어뜨릴 것처럼 손을 떨면서 대꾸했다.

"성불도라는 놀이를 아느냐?"

"모릅니다."

"주사위를 던져 말을 움직이는 놀이니라."

"처음 들어 봅니다."

"성불도의 말판에는 여러 가지 세계가 있다. 극락도 있고 지옥도 있다. 주사위를 잘 던져서 그 길들을 통과해 마침내 부처를 만나고 성불(成佛)하면 이기는 것이지."

무각이 말을 이었다.

"하나 이 놀이에는 무서운 함정이 있느니라. 부처를 만나기 위해서는 대오각성하는 칸에 들어가야 한다. 칸에 들어가지 못하면, 그러니까 대오각성하지 못하면…… 아귀도, 축생도, 인간도, 천상도, 수라도, 지옥도의 여섯 가지 윤회가 이어진 길을 거치며 영원히 떠돌아야 한다."

무각이 객잔 내를 떨리는 손가락으로 가리켰다.

"어떠냐. 이곳이……. 너는 여기가 어디로 보이느냐?"

진자강은 무각을 보며 진지하게 대답했다.

"대사는 여기가 지옥도(地獄道)라 말하고 싶은 겁니까?"

"지옥도이지. 온갖 죄지은 놈들이 모여 있으니 지옥도가 아니라면 어디겠느냐. 지옥에선 사람 죽어 나가는 것쯤 그리 대단한 광경이 아니란다. 산 채로 가죽을 벗기고, 쇠꼬챙이를 불에 달궈 입을 꿴다. 끓는 기름에 던지고 철산(鐵山)으로 짓눌러 터뜨린다. 지금과 무엇이 다르단 말이냐?"

"불가에는 색즉시공이란 말이 있거늘, 대사는 눈에 보이는 풍경만으로 이곳을 지옥이라 단정하십니까?"

"그래? 그럼 네놈은 여기가 어딘 것 같으냐."

진자강은 바로 대답했다.

"아귀도."

무각의 눈썹이 꿈틀거렸다.

"아귀도?"

진자강이 대답했다.

"내가 처음 강호를 겪을 때부터 지금까지. 강호는 늘 똑같았습니다. 자신이 조금이라도 더 먹기 위해서 남을 물어뜯는 사람 아닌 것들이 잔뜩 있더군요."

무각이 끼끼덕 하는 희한한 소리를 내며 웃었다.

"네놈은 참으로 희한하구나! 본인 혼자 고고하려 다른 이들을 아귀로 만드느냐!"

진자강이 싸늘하게 대꾸했다.

"아귀의 세상에서 혼자 고고하여 무엇에 쓸니까. 나더러 아귀의 왕이라도 되란 말입니까?"

"뭐라?"

진자강이 스산한 미소를 머금었다. 그러곤 이를 드러내며 말했다.

"대사, 착각하지 마십시오. 나는 그 아귀들을 잡아먹으러, 지옥도에서 올라왔단 말입니다."

第五章

자격의 증명

　진자강의 말을 들은 무각의 눈에서 섬뜩한 기운이 사방
으로 뻗어 나왔다.

　공혼의 발아래에서부터 흙먼지가 동심원을 그리며 스산
하게 퍼져 나갔다.

　단순히 퍼져 나가는 것뿐만이 아니라 흙먼지가 밀려 나
가면서 바닥을 긁어 대고 있었다.

　드드득, 드드득!

　공혼의 근처, 마룻바닥의 표면이 송곳처럼 날카로운 것
으로 긁는 것처럼 벗겨져서 함께 밀려났다.

　오죽하면 한창 싸우고 있던 함근과 임이언, 안령도 깜짝 놀라서 서로 물러났을 정도였다.

끼익, 끼익…….

기둥이 무너져 기울어진 이 층 난간이 위아래로 흔들거렸다.

아비앵화단 청년들은 끽소리도 내지 않고 입을 다물었다. 심지어 아프다고 비명을 지르는 자들도 없었다. 객잔 안에서는 아무 소리도 나지 않았다.

무각이 얼굴을 잔뜩 일그러뜨리고 물었다.

"아귀들을 잡아먹으러 올라왔다고?"

무각의 존재감에 다른 이들은 숨도 못 쉬는데 진자강은 태연히 말했다.

"그러니 그 환단을 내놓으십시오. 대사도 먹히고 싶지 않으면."

심지어 협박까지!

"건방진 놈……."

무각의 살기가 더욱 진해졌다.

소금기가 있는 바닷바람을 종일 맞은 것처럼 살갗이 끈적대고 따끔거린다. 바닥이 늪이 되어 발을 끌어당기는 듯 질척거린다. 온통 시야가 벌겋게 물들어 사방이 피로 가득한 듯 보인다.

마도인 삼천 명을 학살했을 때의 면모가 고스란히 드러

나고 있다.

누구부터 시작되었다고 할 수 없이 아비앵화단의 청년들은 극도의 공포에 휩쓸렸다.

딱딱딱 딱딱딱딱.

여기저기서 이 부딪치는 소리가 났다. 청년들은 손으로 입을 막았지만 떨림으로 인한 이 부딪치는 소리를 멈추지는 못했다.

임이언은 미간을 찌푸리며 크게 소매를 펄럭여 무각의 살기를 휘저어 비껴 냈고, 함근은 짧게 '흡!' 하고 숨을 내뱉어 살기를 밀어냈다. 안령은 내공이 깊지만 이러한 살기에는 익숙하지 못해 아비앵화단의 청년들처럼 몸이 굳었다. 어금니를 꽉 깨물려 했지만 몸이 떨리면서 윗니와 아랫니가 부딪쳐 원치 않는 다다닥 소리를 냈다.

반면에, 진자강은 아직도 별 영향을 받지 않고 있었다.

익숙한 살기. 동질의 것을 공유하고 있다는 느낌을 받을 따름이었다. 다른 이들은 죽음의 기운을 느낀 반면, 오히려 진자강은 살아 있다는 기분을 강하게 느꼈다.

진자강은 투기가 샘솟아 입꼬리가 들리는 걸 억지로 누르면서 답해야 했다.

"환단을 내놓으라는 건, 대사를 생각해서 하는 얘깁니다."

진자강이 딱히 무각의 살기에 대응하지 않으면서도 아무렇지 않게 대꾸하고 있는 걸 아비앵화단의 청년들도 보았다. 등줄기에 소름이 끼쳤다.

자신들이 저런 녀석을 잡겠다고 왔단 말인가!

임이언과 안령, 함근도 진자강을 다시 보았다.

무각의 진한 살기, 사람을 수없이 죽이며 수라장에서 살아나온 자만이 가질 수 있는 살기를 진자강이 똑같이 갖고 있다는 걸 깨달았다.

임이언이 '허!' 하고 탄성을 내며 던지듯 한마디를 내뱉었다.

"지옥도에서 올라왔다는 말이 거짓은 아니었군."

안령은 얼굴이 붉어졌다.

지옥도를 겪고 올라온 이에게 세상을 쉽게 보지 말라는 둥 말을 했으니…… 부끄러운 일이었다.

다만 함근의 표정은 더 굳었다.

진자강은 더 이상 후기지수의 줄에 둘 수 없었다. 이미 중견급을 넘어선 고수의 반열에 있었다.

그것은 생각보다도 더 상황이 어렵게 흘러갈 수 있다는 걸 의미했다.

무각이 나한승들 다수를 돌려보낸 것이 그의 실수가 될 수도 있었다.

하나 무각은 함근의 우려 따위는 안중에도 없다는 듯, 웃었다.

"독룡. 지옥도에서 나찰(羅刹)이 되지 않은 것만은 용하다고 칭찬해 주마."

진자강은 무각의 말을 기다렸다.

"공혼."

무각이 말을 내뱉은 순간, 공혼의 몸이 흐릿해졌다.

공혼이 신법을 발휘하여 움직인 것이다.

그런데 공혼이 나타난 것은 진자강의 앞이 아니다.

태행검파에서 온 관인의 앞이었다.

"……?"

제갈구와 함께 피독제를 가지고 있던 셋 중 한 명이다.

관인은 겁에 질려서 움직이지도 못하고 이 층 계단 근처에서 얼어붙어 있다가, 자신의 앞에 나타난 공혼을 보았다.

관인은 얼빠진 얼굴로 고개를 돌려서 무각을 쳐다보았다.

무각의 손이 관인을 향해 비실거리며 다가가고 있었다. 관인은 피할 생각도 하지 못했다.

무각의 손가락이 관인의 머리를 툭 눌렀다.

우지직!

관인의 몸은 아래로 푹 꺼지며 순식간에 사라졌다.

관인이 서 있던 자리의 바닥에 둥그렇게 팬 구멍이 생기고 무엇인지 알 수 없는 핏덩어리가 구멍에 눌어붙어 있었다.

무각이 손을 회수했다.

아래로 누르고 있던 거대한 힘이 갑자기 사라지자 핏물이 반동에 의해 거꾸로 솟아올랐다.

치솟은 핏물은 핏방울이 되어 점점이 떨어졌다.

투툭, 툭.

아비앵화단의 청년들은 보고 싶지 않았지만 눈도 감지 못하고 입만 뻐끔거렸다.

공혼이 돌아서서 무각의 시선을 진자강에게 맞추었다.

무각이 비틀린 입으로 말했다.

"말했느니. 증명하라고."

무각은 그러더니 피독제를 입으로 가져갔다. 피독제를 혓바닥 아래에 밀어 넣고 오물거리며 입을 닫았다.

진자강이 한마디를 던졌다.

"후회하신다고 했습니다."

"나는 내 팔다리가 이 모양 이 꼴이 되었어도 단 한 번 후회한 적이 없느니라."

무각이 살기 어린 눈을 빛내며 말했다.

"공혼."

순간 공혼의 모습이 다시 사라졌다. 그런데 신법으로 이동하던 중에 무언가와 부딪쳤다.

펑!

공혼이 금란가사로 무각을 보호하며 상체를 웅크린 채로 바닥에 긴 자국을 남기며 밀려났다.

"뭐, 뭣!"

공혼의 눈이 일그러졌다. 진자강이 앞에서 손을 뻗으며 길을 가로막고 있었다. 발경으로 공혼을 밀어내었다.

공혼은 당황했다. 분명히 진자강은 뒤쪽에……

공혼이 눈만 돌려 흘깃 뒤를 쳐다보았다. 뒤쪽에 서 있던 진자강의 모습이 흐릿해졌다. 앞에 있는 것이 진짜다.

무각이 말했다.

"호들갑 떨지 마라. 희한한 듯 보여도 무당파의 신법이다. 놈이 우리보다 먼저 움직였을 뿐이다."

진자강은 감탄했다. 해월 진인이 실전된 지 오래된 신법이라고 했는데도 무각은 한눈에 알아본 것이다.

진자강이 살기 어린 표정으로 이를 드러내며 웃었다.

"대사의 안목이 대단합니다."

"내가 무당파의 도사들과 싸운 게 몇 번이나 되는 줄 아느냐?"

진자강이 무당파의 신법을 사용했다는 것도 놀라운 일이지만, 객잔의 이들은 또 다른 의미로 놀라워했다.

진자강이 어떻게 공혼이 움직이는 방향을 알고 미리 움직였단 말인가?

안령이 무언가를 퍼뜩 깨달은 듯 소리쳤다.

"피독제!"

수라혈의 피독제라고 주장하는 환단은 세 개였다. 관인과 양양, 둘은 환단을 먹었고 제갈구가 가지고 있던 환단은 방금 무각이 머금었다.

그러니 남은 건 홍검파의 양양뿐이다. 무각이 양양을 죽여 버리면 피독제를 가진 건 유일하게 무각이 되어 버린다.

피독제의 효과가 있는지 어떤지, 다른 둘이 죽어 버려서 알 길이 없어져 버리는 것이다. 피독제의 효과를 알기 위해선 결국 무각을 치는 수밖에 없다.

이것은 진자강을 향한 무각의 도발이다.

안령은 마른침을 꿀꺽 삼켰다. 이제껏 이런 광경은 처음 보았다.

한순간 튀어 오른 진자강의 기세도 대단하지만, 그것을 꺾으려는 무각의 자존심도 대단하다.

하나, 그 대상이 된 양양은 감탄할 수 있는 입장이 아니다.

양양은 자기가 무각의 목표가 되었다는 걸 알자 얼굴이 새파래져선 어쩔 줄 몰라 했다. 무각뿐만이 아니다. 그럴린 없지만 혹시나 무각이 당하게 된다면 다른 이들에게도 노려질 것이다.

하여 입에 손가락을 넣고 토하려 했다.

"우욱! 우엑! 우……."

팟.

공혼이 또 움직였다. 진자강이 공혼의 앞을 가로막으며 절겸도를 휘둘렀다. 공혼은 한 팔로 무각을 가려 막았다.

카캉! 예의 쇳소리와 함께 절겸도가 금란가사에 튕겼다.

쾅!

갑자기 큰 타격음과 함께 진자강이 거의 엎어지듯이 뒤로 밀려났다. 공혼의 발이 들려 있었다.

진자강은 똑바로 일어서려다가 절뚝거렸다. 왼쪽 허벅지를 걷어차였는데 바로 근육이 파열된 듯했다.

공혼이 다리를 펼쳤다가 접는데 상체가 하나도 흔들리지 않았다. 어깨를 조금도 움직이지 않고 걷어차는 무영각(無影脚)이다. 상대가 공격을 전혀 감지하지 못하게 만드는 수법이다.

공혼이 진자강을 보며 살기등등하게 웃자, 진자강도 함께 미소를 지었다. 그러더니 제자리에 선 채로 절겸도를 힘껏 당겼다.

휘청!

공혼의 다리가 허공으로 들렸다. 절겸도에 이어진 탈혼사가 공혼의 다리에 묶여 있었다.

무각이 '쯧!' 하고 혀를 찼다. 진자강은 무영각을 알아채지 못했지만 손을 못 쓰니 당연히 발을 쓸 거라 예상했던 것이다.

진자강은 탈혼사를 허리에 감고 뱅뱅 돌면서 공혼을 끌어당겼다. 공혼이 껑충거리면서 외발로 버티다가 진자강에게 달려들었다.

무각이 손가락을 뻗어 진자강을 짚으려 했다. 진자강은 미끄러지듯이 바닥으로 빠져나가 공혼의 뒤로 돌았다. 공혼의 다리와 반대쪽 허리까지 탈혼사가 한 번 더 휘감겼다.

"영악한 놈!"

직접적으로 무각을 상대하지 않고 무각의 팔다리가 되는 공혼을 노리고 있었다. 공혼이 외발로 뛰어 공중에서 거꾸로 돌며 진자강의 머리를 자신의 머리로 내려찍었다.

진자강이 손바닥으로 철두공을 받아 내며 고개를 틀어 피하자 공혼이 공중에서 손을 뻗어 진자강의 머리카락을 우악스럽게 잡아챘다. 그러곤 묶이지 않은 오른발을 완전히 뻗어서 진자강의 얼굴을 찼다.

진자강은 스스로 공혼에게 잡힌 머리카락을 절겸도로 베어 손아귀에서 빠져나왔다. 공혼의 발끝이 아슬아슬하게 진자강의 코를 스쳐 갔다.

진자강은 공혼의 오른발과 그의 목을 탈혼사로 한꺼번에 엮으려 했다. 무각이 손가락을 내밀어 방해했다.

진자강이 바닥을 굴러 피했다.

퍼억! 바닥에 둥그런 구멍이 생겼다. 진자강은 천지발패의 수법으로 소매에서 침 세 자루를 뽑아 던졌다. 각기 공혼의 눈과 무각의 얼굴을 노리고 있었다. 공혼은 눈으로 날아온 침은 철두공으로 튕겨 버리고 무각은 옷깃을 당겨 금란철주로 보호했다.

한 자루는 애초에 맞지도 않고 천장까지 날아가 박혔다. 순간, 천장에서 펑 소리가 나더니 시커먼 가루들이 쏟아졌다.

후두둑!

천장에 매달아 놓은 보따리에 구멍이 뚫려서 잿가루 같은 것들이 쏟아져나오는 중이었다. 공혼은 아직 왼 다리가 탈혼사에 감긴 상태라 팔을 위로 휘저어 가루가 머리에 떨어지지 않게 했다. 진자강이 달려들어서 연속으로 절겸도를 휘둘렀다.

카라랑, 캉!

공혼이 소매를 들어 막으면서, 탈혼사에 묶인 다리를 힘껏 들었다가 진각을 밟았다. 연결된 탈혼사가 오히려 진자강을 확 끌어당겼다. 진자강은 당겨지는 걸 버티지 않고 아예 몸으로 공혼을 들이받았다. 진자강의 어깨와 공혼의 어깨가 동시에 부딪쳤다.

으득, 소리가 나며 진자강의 얼굴이 살짝 찡그려졌다. 공혼이 몸을 낮추며 회전했다. 바닥을 쓸면서 다리를 걸듯이 진자강의 다리 뒤쪽을 찼다.

진자강은 양다리를 동시에 채여 몸이 한 바퀴를 돌았다. 손으로 바닥을 짚고 뒤로 재주를 넘어 피했다. 공혼이 뛰어들어 진자강의 가슴을 머리로 들이받았다.

퍼억!

진자강이 양팔로 가슴을 가렸지만 팔뚝과 함께 갈비뼈까지 충격이 왔다. 절겸도까지 놓쳤다. 진자강은 허공에서 밀려 나가면서 공혼의 목에 탈혼사를 감았다.

공혼이 목에 핏대를 세우며 옷깃을 올려 방어했다. 탈혼사가 옷깃 위로 꽉 조여졌다. 진자강은 철두공에 들이받힌 충격으로 날려지다가 양손으로 탈혼사를 당겨서 되돌아왔다. 그러곤 탈혼사를 누르며 공혼의 코를 무릎으로 올려 찼다.

공혼이 고개를 살짝 틀었다. 완전히 피하지 못하고 광대

뼈를 맞았다.

와직. 가뜩이나 피투성이에 엉망이 되어 있는 공혼의 얼굴에서 핏방울이 사방으로 튀었다.

무각이 진자강의 몸을 향해 손을 뻗었다.

그때 진자강이 손가락을 튕겼다.

칙.

불꽃이 튀었다. 진자강이 양손으로 박수 치듯 공혼의 뺨과 머리통을 쳤다.

작열쌍린장!

풀풀 날리던 가루들에 불이 붙으며 공혼의 머리에서 폭발해 불을 일으켰다.

퍼엉!

얼굴의 상처가 죄다 벌어져 속살을 드러낸 상태에서 불이 붙었다.

화르륵!

한꺼번에 불이 터지며 엄청난 연기가 피어올랐다. 독분이 타면서 독연이 피부에 스며들었다.

공혼이 연기로 가득한 얼굴을 감싸 쥐고 비명을 질렀다.

"으…… 으아아아아!"

얼마나 고통스러우면 천하의 금강승이 비명을 지를 정도란 말인가!

공혼이 허리를 뒤로 젖힌 바람에 무각의 손가락은 진자강에게 닿지 않았다.

진자강은 다리를 걷어차며 공혼의 목에 감긴 탈혼사를 아래로 당겨 눌렀다. 공혼이 휘청거리면서도 버텼다.

무각의 손가락이 뻗어 왔다. 진자강은 마치 소의 뿔을 잡고 흔드는 것처럼 공혼의 목에 감긴 탈혼사를 이리저리 흔들어서 무각의 손가락이 제대로 방향을 잡지 못하게 했다.

"공혼!"

노여움이 가득 담긴 목소리로 무각이 외쳤다.

공혼은 무각의 다리다. 공혼이 움직이지 않으면 무각도 움직일 수 없다. 공혼은 비명을 지르면서도 진자강에게 한 걸음을 전진했다.

진자강은 금란철주가 미치지 않는 공혼의 복사뼈를 오른발 끝으로 힘껏 찼다.

빡! 공혼의 발목이 꺾였다. 그러나 진자강도 왼쪽 허벅지 근육이 상해서 본인이 가격을 했음에도 제대로 서지 못하고 절뚝거렸다. 공혼이 앞으로 엎어지며 진자강의 허벅지를 손바닥 아래쪽 단단한 부분으로 쳤다.

퍽! 진자강도 버티지 못하고 앙감질을 하다가 앞으로 엎어졌다. 둘 다 한쪽 발에 제대로 힘을 주지 못해 양손을 바닥에 대고 엉거주춤하게 바닥에 엎드린 듯한 자세가 되었다. 무각은 공혼의 가슴에 안겨 있는 탓에 공혼이 엎어지자 어떻게 해도 진자강에게 손이 닿지 않았다.

진자강과 공혼이 둘 다 엎드린 듯한 상태에서 고개를 들자 서로 눈이 마주쳤다. 그러나 공혼의 덩치가 더 큰 탓에 공혼의 머리가 더 위에 있었다.

공혼이 이를 갈면서 섬뜩한 눈으로 진자강을 내려다보았다. 온통 세로로 베이고 찢긴 얼굴에서는 피가 뚝뚝 떨어지고, 화상 때문에 살까지 타서 끔찍한 몰골이었다.

공혼의 눈꼬리가 치켜 올라가고 걸레처럼 찢어진 입술이 들렸다. 공혼의 고개가 조금씩 올라갔다. 철두공으로 진자강을 찍어 버릴 작정이다.

진자강이 몸을 빼려 하자 공혼은 자신의 목에 걸린 탈혼사를 꽉 잡았다. 진자강도 탈혼사가 손과 몸에 감겨 있어서 금세 풀고 빠져나갈 순 없었다.

공혼이 위에서 아래로 들이받았다. 도저히 피할 만한 공간이 나오지 않았다. 금방이라도 진자강의 머리통이 묵사발되어 터질 듯 보였다.

안령이 놀라서 소리쳤다.

"독― 룡!"

콰직!

뼈 부서지는 소리가 끔찍하게 울렸다.

그러나 피를 뿜은 건 진자강이 아니라 공혼이다. 진자강을 들이받던 공혼의 고개가 뒤로 젖혀지며 피를 뿌리고 있었다.

공혼이 들이받기 전에 오히려 진자강이 먼저 공혼의 안면을 들이받은 것이다.

지켜보던 이들이 모두 경악했다.

세상에 소림사의 철두공에 먼저 머리를 갖다 박는 미친 놈이 어디 있단 말인가!

하나 그 덕에 공혼의 코가 완전히 뭉개졌다. 만일 진자강이 조금이라도 망설여서 늦었다면, 뭉개진 건 진자강의 머리통이었을 터였다.

"크아아아!"

공혼은 고함을 지르며 다시 고개를 힘껏 찍어 내렸다. 진자강은 그 틈에 옆으로 몸을 굴렸다.

콰앙!

공혼의 철두공이 마룻바닥을 찍었다. 바닥의 나무판자가 으깨지면서 박살이 나고, 공혼의 머리가 바닥을 뚫고 파묻혔다.

진지강은 엉킨 탈혼사를 풀어내면서 두어 걸음을 물러났다.

공혼은 바닥에 파묻혔던 고개를 서서히 들었다.

으적, 으적.

공혼이 나무판자의 조각을 입으로 씹으면서 진자강을 노려보았다.

호랑이와 용이 생사를 건 혈투를 벌인다면 이런 광경일까.

지켜보던 안령이 다 소름 끼쳤다.

임이언도 말은 하지 않았으나 적이 감탄한 듯했다.

아비앵화단의 청년들도 마찬가지였다. 그들은 거의 실성한 것처럼 얼이 나가 있었다.

"……밀리지 않는다?"

"대, 대등하게 싸우고 있어."

물론 처음부터 일대일로 대등하게 시작한 건 아니다. 공혼은 앞서의 고수들과 이미 싸우던 중이었고 육하선의 압정도에 큰 부상을 입었다.

그렇다고 해도 믿기지 않는 일이었다. 재이검객 남궁걸이 죽고 환락천주 육하선도 다리가 절단될 정도였는데, 한참이나 아래의 후배인 독룡이 이만큼 대등하게 싸우고 있다는 것은.

진자강이 탈혼사를 회수해 정돈하고, 공혼도 얼굴에 붙은 파편과 흙을 떼며 잠시 숨을 돌렸다.

그러곤 누가 먼저랄 것도 없이 둘이 다시 맞붙었다.

진자강은 마구잡이로 싸우는 것 같았지만 매우 영리하게 무각의 공격 범위를 벗어나 있었다. 무각은 가공할 공격은 거의 봉쇄된 거나 다름이 없었다.

공혼이 한 손으로 무각을 안은 채, 다른 손의 손날로 진자강의 목을 후려쳤다. 진자강이 절뚝거리면서 몸을 돌려 기둥 뒤로 피했다. 공혼의 손날이 기둥을 으깨면서 부수고 지나갔다.

진자강은 부서진 기둥 옆 바닥을 발로 찼다.

판자 하나가 튀어 오르며 공혼의 발이 갑자기 마룻바닥으로 빠졌다. 멀쩡한 발목이 빠지고 다른 쪽 발목은 진자강에게 맞아 시원찮은 탓에 공혼은 제대로 서지 못하였다.

공혼이 휘청대는 동안 진자강이 독분을 뿌렸다. 그리곤 다시 작열쌍린장으로 불꽃을 일으켰다.

화르륵!

불길이 터지며 다시 한번 공혼을 독연 속에 가두려 했다.

그때, 무각의 손가락이 허공을 짚었다.

화악!

허공에서 폭발하며 퍼져 나가던 불길과 연기가 순식간에

아래쪽으로 사라졌다.

예의 마룻바닥에 사람 한 명이 설 만한 구멍이 나 있고, 그 구멍 언저리에 불꽃이 붙어서 타오르고 있었다. 무각이 불길 자체를 짓눌러 버린 것이다.

그사이 공혼이 빠진 발을 빼내었다.

무각이 노기 띤 목소리로 말했다.

"잔재주를 많이도 부려 놓았구나."

진자강이 근이 파열된 허벅지를 손으로 어루만지며 대꾸했다.

"준비는 좀 했는데, 많이 쓸모가 없어졌지요. 덕분에."

객잔 안은 여기저기 박살 나 있었다. 바닥 곳곳은 물론이고 이 층의 난간도 기울어져 있다.

진자강이 보란 듯 탈혼사를 위로 던져서 천장의 대들보에 걸었다. 그러곤 탈혼사를 당기자 지붕이 흔들거리면서 대들보가 뚝 떨어졌다. 대들보의 끝에는 밧줄이 감겨 있어서 떨어짐과 동시에 반원을 그리며 공성추처럼 공혼을 쳤다.

공혼이 옆으로 뛰어 발로 대들보를 차 냈다.

부우우웅!

대들보가 원을 그리며 객잔 안을 크게 돌았다.

"우와아아!"

아비앵화단의 청년들이 놀라서 고개를 숙이고 피했다.

진자강이 대들보의 뒤를 따라오며 공혼에게 암기를 던졌다. 공혼은 혹시나 바닥에 또 빠질까 봐 섣불리 움직이지 않고 금란철주로 암기를 튕겨 냈다.

그러다가 빠르게 고개를 숙였다.

부우웅!

차 냈던 대들보가 되돌아와서 공혼의 뒤통수를 지나갔다. 진자강도 몸을 옆으로 틀어 되돌아오는 대들보를 피했다. 피하면서 반대쪽의 이 층 난간에 탈혼사를 던져 묶었다.

공혼이 진자강에게 쇄도하다가 고개를 숙여서 대들보를 피했다. 그런데 다리가 뭔가에 걸려서 공중에 떴다. 묵사가 대들보와 이 층 난간에 묶여 있어서 다리를 쓸고 지나간 것이다. 금란철주 때문에 다리가 잘리진 않았지만 가뜩이나 흔들거리던 이 층 난간이 통째로 무너졌다.

공혼은 공중에서 여러 번 회전해 착지했다. 그러곤 일어나다가 뒤를 돌아보았다.

대들보가 공혼의 머리통에 충돌했다.

와지끈!

대들보 앞이 실타래가 터지듯 뭉개져 으깨지면서 박살 나고, 공혼이 주욱 밀려났다.

대들보가 흔들거리며 멈췄다. 공혼은 그대로 선 채 앞으로 정수리로 대들보를 들이받은 채였다.

공혼이 대들보를 옆으로 치우고 나뭇조각과 가루가 앉은 머리를 툭툭 쳐서 털어 냈다. 안면은 엉망이 되어 있지만 철두공이 감싼 머리통은 대들보에 부딪혔는데도 여전히 멀쩡하다.

보는 사람이 질릴 정도였다.

하나 진자강은 기회를 놓치지 않고 달려들었다. 무각의 손가락이 먼저 진자강을 맞이했다. 진자강은 무각을 상대하지 않고 옆으로 돌아가며 공혼의 옆구리를 주먹으로 쳤다.

퍽!

금란철주에 진자강의 주먹이 튕겨 나갔다.

그러나 이후에 타격음이 발생하며 공혼의 몸도 움찔거렸다.

투학!

주먹이 먼저 튕겨 나가고 이후에 남은 내공의 발경이 공혼에게 타격을 주는 희한한 현상이 벌어졌다.

공혼이 진자강의 머리를 손으로 움켜잡았다. 손에 힘을 주자 두꺼운 손가락이 진자강의 머리를 파고들기 시작했다.

진자강은 다시 공혼의 옆구리를 가격했다. 돌 같은 금란철주에 주먹이 닿아 끝이 멍들고 살이 으스러졌다. 하지만 진자강은 주먹질을 멈추지 않았다.

투학! 투학!

공혼의 몸 흔들림이 더 심해졌다. 기둥이 되는 몸이 흔들리니 그 안에 안긴 무각도 어쩔 도리가 없다. 무각은 손가락을 내밀었어도 제대로 진자강을 짚지 못했다.

그런데…….

"어?"

다른 이들의 눈에 이상한 점이 들어왔다.

무각이…… 입에서 피를 흘렸다.

"어어?"

지켜보는 이들의 눈이 휘둥그레졌다.

발경 때문인가? 아니면 아까의 독분 때문인가!

진자강이 팔을 완전히 젖혔다가 크게 휘두르며 한 번 더 공혼의 옆구리를 가격했다.

쾅!

공혼이 옆으로 허리가 꺾이며 날려졌다. 진자강도 제대로 서지 못하고 치던 방향으로 몸이 굴렀다.

공혼은 거의 일 장을 넘게 날아가 굴렀다. 바로 일어서긴 했지만 비틀거리면서 중심을 잡지 못했다. 눈동자에 초점이 제대로 잡혀 있지 않았다. 얼굴이 피로 물들어서 거의 티가 나지 않았으나 입가에서 새로운 선혈을 뿜어내는 게 보였다.

"커억!"

내상을 입었다!

무각과 공혼이 모두!

이것은 실로 놀라운 일이 아닐 수 없었다. 앞으로의 싸움 결과가 얼추 예상되는 장면이었다.

어쩌면……, 어쩌면!

어쩌면 진자강이 무각을 이길 수 있을지도 모른다?

멸마승이 독룡에게 무릎을 꿇는다!

지켜보던 임이언이 살짝 고개를 돌렸다.

함근도 심각하게 상황을 지켜보고 있었다.

"함 대협. 보다시피, 무각 선승이 매우 불리해졌네. 우리가 조금만 손을 보탠다면 우린 오늘 모두 살아 돌아갈 수 있을지도 모르네. 아직도 할 마음이 있는가?"

함근이 대답하시 않자 임이언이 다시 설득했다.

"약속하지. 무각 선승이 쓰러져도 그대에게 검 끝을 돌리지 않겠음을."

안령도 한마디를 더했다.

"빚은 언젠가 갚겠지만 오늘은 참겠어요."

함근은 매우 심각한 얼굴로 고민하다가 답했다.

"소민의 시신을 넘겨줄 수는 없다."

임이언이 답했다.

"타 문파 제자의 시신을 요구하는 것은 강호의 예에 어긋나는 것. 강요하지 않겠네."

"그렇다면…… 알겠소. 지금은 무각 선승을 잡는 데에 힘을 보태도록 하…… 지…….."

안령이 한숨을 길게 내쉬었다.

"휴. 다행……."

그러나 그 순간 함근의 몸이 흐릿해졌다. 최고 속도로 신법을 전개했다.

함근이 안령의 뒤에서 나타났다. 이미 말을 끝내기도 전부터 움직이고 있었던 것이다. 함근이 안령의 등에 검을 찔러 넣었다. 안령은 급히 검을 휘두르며 절초를 전개했다.

안령이 펼쳐 낸 검초에 함근의 검이 가로막혔다. 안령은 극대로 내공을 쏟아 완전히 공간을 점령하고 단단하게 검벽을 쳤다.

안령이 코웃음을 쳤다.

"참으로 비겁한……!"

그러나 임이언이 외치며 달려왔다.

"조심해라!"

우두둑 우두둑!

분명히 가로막고 있는데도 안령의 공간을 갈지자 모양으로 함근의 검기가 파고들어 왔다.

푸욱, 안령의 배가 함근의 검기에 꿰뚫렸다. 안령의 눈이 크게 떠졌다.

함근이 자하기가 담긴 눈빛으로 조용히 말했다.

"매화의 가지는, 제아무리 추운 겨울에도 굴하지 않고 꽃을 피우느니라."

안령은 검을 떨궜다.

고통 때문에 순식간에 얼굴이 땀으로 젖었다.

"이…… 이이……!"

함근의 눈빛은 서늘했으나, 눈썹 끝이 떨리고 있었다. 함근이 무언가를 말하려다가 말고 입을 다물었다.

안령이 헉헉거리면서 조소했다.

"왜…… 죄책감이라도…… 느끼시나요?"

함근은 대답하지 않았다. 그러나 아까보다 더 입술을 굳게 닫는 것으로 보아 일말의 가책을 느끼고 있음이 분명했다.

"매화는…… 군자의 상징……. 지금의 함 대협에게 전혀 안 어울리는데요."

함근이 안령의 말을 잘랐다.

"힘든가 보구나. 그만 고통을 끊어 주마."

함근이 검을 틀어 움직이기만 하면 안령은 배가 갈려 죽는다.

하나 뒤에서 임이언이 날아오르고 있었다.

"이 노— 오— 옴!"

안령의 바로 뒤에서 임이언이 날아오르고 있었다. 함근의 눈이 아주 잠깐 위로 올라갔다가 내려왔다.

그때 안령이 덥석 함근의 손을 잡았다.

"음?"

함근은 안령의 배를 반으로 가르려 했으나 손이 움직이지 않았다. 안령의 배에 박힌 검이 꼼짝도 하지 않았다.

안령이 온 힘을 다해 함근의 손을 쥐었다.

뿌드득.

엄청난 손아귀 힘에 함근의 손이 으스러지기 시작했다.

함근의 얼굴이 구겨지듯 일그러졌다. 내공을 아무리 써도 손을 빼낼 수가 없었다.

우득 뿌득.

손등이 부서지고 손가락이 제멋대로 꺾였다.

함근의 얼굴이 달아오르고 핏대가 섰다. 고통도 고통이지만 바로 머리 위에 임이언이 있다.

함근은 안령의 팔꿈치를 올려 찼다. 뚝, 팔꿈치가 부러지면서 함근의 손등을 으스러뜨리던 힘이 줄었다.

"악!"

함근은 곧바로 안령의 복부를 발로 차서 밀어냈다.

안령이 뒤로 날려지며 검이 쑥 빠져나왔다.

동시에 임이언의 검이 함근의 오른쪽 손목을 갈라 버렸다.

함근은 바로 왼손으로 검을 바꿔 쥐고 공중을 향해 휘둘렀다.

차라랑!

임이언과 함근의 검이 얽혔다. 임이언이 허공에서 연신 함근의 가슴을 발로 걷어찼다.

퍼퍼펑! 함근이 뒤로 몇 걸음이나 밀려났다.

착지한 임이언이 대노하여 소리쳤다.

"이 수치도 모르는 불한당 같으니!"

함근은 잘린 오른쪽 손목의 옷소매를 찢어 이빨로 꽉 조여 묶고선 웃었다.

"후…… 후후,"

"파렴치한 놈! 어딜 웃고 있느냐!"

"어차피 이 자리에서 다 죽을 텐데 수치와 자존심이 무에 소용 있단 말이오."

"언제부터 화산파가 이 모양이 되었단 말인가! 죽음이 눈앞에 있어도 본분을 다하는 것이 백도의 자긍심이거늘!"

"검후……."

함근이 급격하게 퀭해진 눈으로 되물었다.

"남해검문은 다르오?"

임이언의 얼굴이 붉어졌다.

"무슨…… 소리를 하는 게냐."

"만일 남해검문이 화산과 다르다고 자신 있게 말할 수 있다면, 내 즉시 사과하고 자결하겠소."

임이언은 바로 반박을 못 하였다. 다만 얼굴이 더 빨개졌을 뿐이다.

"남해검문은 얼마 전까지…… 금강천검의 양자 묵룡과 검후의 제자 빙봉을 혼인시키려 하지 않았소이까. 그러다가 묵룡이 죽자 빙봉을 다른 곳에 보내려 하지. 바로 안씨 의가에."

"이 작자가……!"

함근이 날카로운 눈초리로 말했다.

"내 말이 틀렸다면 말해 보시오."

"……."

"역시 말을 못 하는군. 그러니까……."

함근이 호흡을 가다듬으며 서서히 검강을 끌어내기 시작

했다.

"어디서부터 잘못되었는지는 모르겠소이다. 어쩌면 시대가 우리를 이렇게 만들었는지도 모르지. 하나, 한 가지 중요한 건."

촤악!

함근은 찬연하게 빛나는 검을 앞으로 내밀었다.

"세상을 바꾸고 싶어도 살아남아야 할 수 있소. 그리고 그것을 할 수 있는 건 오직 우리 화산뿐이오."

임이언이 이를 갈았다.

"오만하고, 자만으로 가득 차 있도다. 화산파가 아니라도 누군가는 그 일을 이뤄 낼 것이다."

"남해검문이 할 수 있다는 거요?"

함근이 비웃었다.

"그렇다면 실력을 보여 주시지. 아직까지는 검후의 명성에 걸맞지 아니하였소이다."

으득, 임이언이 이를 갈면서 검강을 끌어냈다. 순백의 섬광이 검 끝에 아롱거렸다.

"진작 그러셨어야지."

함근이 천천히 간격을 좁히며 걸어왔다. 임이언도 마찬가지로 함근에게 다가갔다.

임이언의 검이 먼저 움직였다.

부우웅! 한 줄기 섬광이 길게 이어졌다. 함근도 복잡한 궤적의 매화검법으로 연용사애검을 받았다. 그러나 서로 검이 마주치지는 않았다. 아슬아슬하게 마지막 순간에 서로 검을 비껴서 마주치는 일은 피했다.

쉬익! 쉭쉭!

바람 소리가 연신 이어지는데 검은 단 한 번도 부딪치지 않았다. 검광이 정신없이 번쩍거리고 빛났다. 눈 깜박할 사이에 수십 합을 겨뤘는데 아직도 부딪친 적이 없다.

그러다가 한 번을 스쳤다.

찌이이잉!

검끼리 긋고 지나가며 엄청난 빛의 산란이 일었다. 순간 임이언과 함근의 코에서 동시에 코피가 터져 나왔다. 그리고 검강의 빛이 눈에 띄게 줄어들었다.

함근은 내공을 더 주입하여 본래의 검강을 유지했다. 반면에 임이언은 검강을 확 줄여서 거의 검기 수준까지 낮추었다.

임이언이 연용사애검을 빠르게 펼쳤다. 함근이 발목 쪽으로 검을 내려 막았다.

찌잉! 검이 부딪친 순간 임이언의 코에서 또다시 살짝 피가 흘렀다. 임이언은 개의치 않고 계속해서 검을 베어 갔다. 섬광들이 온통 함근을 둘러싸고 휘몰아쳤다.

임이언은 코와 입에서 계속해서 약간씩 피를 흘렸다. 매화검법의 검초는 매우 오묘하여 임이언의 빠른 검이 파고들지 못하고 있었다.

그러나 임이언이 조금씩 손해를 보는 듯해도 실제로 밀리는 건 함근이었다. 임이언은 매우 섬세하게 내공을 다루고 있었다. 필요할 때에만 검강을 키웠다. 이대로 시간이 지나면 함근의 내공이 먼저 고갈될 터였다.

싸움이 시작된 지 얼마 되지 않았는데도, 함근의 검에서는 벌써 연기가 피어오르고 있었다.

*   *   *

진자강과 공혼의 대결은 생각보다 빠르게 균형이 기울어졌다.

금강승 공혼의 손발은 아까완 다르게 매우 어지러워져 있었다. 본인도 내상을 입은 상태에서 무각의 상태를 신경 쓰다 보니 자연히 진자강의 공세를 막아 내기 어려운 것이다.

투학!

진자강의 발경이 공혼의 등 쪽에 작렬했다.

공혼과 무각이 동시에 핏물을 뿜어냈다. 특히나 무각이

뱉은 핏속에는 손톱 크기의 시꺼먼 덩어리까지 섞여 나왔다.

공혼의 신경이 분산되었다.

"사백조!"

무각이 일갈했다.

"집중하거라!"

그 순간 진자강은 사정을 봐주지 않고 공혼의 다리를 걸었다. 공혼이 휘청거릴 때 무릎을 밟고 올라가 목을 발로 차고, 공혼의 머리를 잡아 무릎으로 인중을 가격했다.

뻑! 뻐억!

공혼의 고개가 젖혀졌다가 돌아왔다. 공혼이 진자강의 다리를 잡고 반격하려 하자 진자강은 그의 가슴팍에 안겨 있는 무각을 발로 찼다. 공혼은 어쩔 수 없이 양팔로 몸을 웅크리고 무각을 보호했다.

퍽! 퍼퍽!

진자강이 거푸 공혼의 팔을 찼다. 내상 때문에 금란철주도 거의 깨져 나간 상태였다. 굳건하던 공혼의 팔이 흔들리기 시작했다.

진자강은 공혼의 이마에 손가락을 얹었다.

공혼이 급히 고개를 옆으로 누여 발경을 피했다.

휘리릭! 진자강이 일으킨 발경이 공혼의 머리가 있던 자리에 거센 바람의 회오리를 일으키며 사라졌다.

진자강이 바닥에 착지하며 왼쪽 손바닥으로 공혼이 막고 있던 팔을 쳐 올렸다.

투학! 발경이 터져 공혼의 한 팔을 밀어냈다. 공혼의 가슴이 훤히 드러났다.

진자강은 바로 오른손을 뻗어 공혼의 가슴팍에 드러난 무각을 노렸다.

무각이 손가락을 내밀어 막으려다가 왈칵 피를 뿜는 바람에 멈칫거렸다.

무각의 눈빛에 아차 하는 심정이 섞였다.

진자강이 발경으로 무각을 찍으면 무각은 대항하지 못하고 고스란히 맞아 죽게 될 것이다.

"크아아앗!"

공혼이 기합을 지르며 무각을 안고 있던 손을 위로 치켜들어 무각을 던졌다.

무각은 엄청난 힘을 가지고 있었지만 동시에 공혼의 약점이었다.

진자강의 손가락이 비어 있는 공혼의 가슴에 점을 찍었다.

투학!

공혼의 몸이 크게 흔들렸다.

위로 던져졌던 무각이 떨어졌다.

공혼은 제자리에 가만히 선 채로 무각을 받아 들었다.

무각이 손가락을 내밀어 진자강을 찍으려 했다. 그러나 무각의 손가락은 이번에도 진자강에게 닿지 못했다.

무각은 고목처럼 넘어가는 공혼과 함께 진자강에게서 멀어져 갔다.

쿠웅.

공혼은 완전히 대자로 누워 버렸다.

"쿨— 럭!"

공혼이 누운 채로 크게 피를 토했다. 무각 역시 마찬가지로 같이 피를 뿜었다.

진자강은 쓰러진 공혼과 그의 가슴에서 비틀린 몸으로 괴로워하는 무각을 잠시 내려다보았다.

눈이 빨개진 무각이 몸을 덜덜 떨면서 고통스러운 얼굴로 말을 내뱉었다.

"이런……."

열이 오르는지 숨이 가빠져 있었다.

중독된 때문이다. 무각은 내공이 깊지만 손가락을 제외하곤 전신의 기혈이 비틀어지고 망가져서, 다른 부위로 독이 침입하면 몰아내기가 쉽지 않다. 그나마 내공으로 겨우 버티고 있는 것일 터다.

"이런 거였나? 이래서 먹지 말라 하였느냐?"

"후회할 거라고 했잖습니까."

진자강은 곧 들려오는 외마디 비명에 고개를 돌렸다.

"으아아악!"

홍검파의 양양이 무각과 똑같이 피를 뿜고 있었다. 아비앵화단의 청년들은 양양이 갑자기 피를 뿜자 죄다 양양의 곁에서 피해 달아났다.

진자강은 양양에게 다가갔다. 양양은 진자강의 다리를 잡고 애원했다.

"사, 살려 주세요. 쿨럭, 쿨럭!"

하나 안타깝게도 지금 진자강이 해 줄 수 있는 일은 없었다.

아비앵화단은 아무리 생각해도 이 자리에 어울리지 않는 자들이었다.

심지어 이들은 망료가 보내서 온 것이다. 망료가 아무런 의미 없이 피독제라 속이고 독을 먹여 보내진 않았을 것이다.

'설마……'

진자강은 어이없는 생각이 들고 말았다.

'일부러?'

보란 듯 독약을 들려 보냈다는 것.

그건 망료의 평소 행동으로 보면 정말로 진자강이 보라고 한 짓일 수도 있었다.

진자강은 양양의 중독 증상을 보면서 점점 확신이 들고 있었다.

'그때와 같다!'

제갈연.

신융.

백리권.

그들은 하나같이 진자강을 만나기 이전에 중독되었었고, 모두 똑같이 피독단을 머금었다는 공통점이 있었다.

그리고 이 자리의 무각과 양양도 역시 피독제를 먹고 똑같이 중독되었다.

그게 모두 망료과 연관되어 있는 일이었다는 것이다.

그리고 굳이 이 상황에서 그걸 드러낸 것은…….

진자강은 급히 양양의 상태를 살펴보았다.

눈이 꺼지듯 푹 들어가고 눈 밑이 시커멓게 되었으며 연신 기침을 한다. 거기다 간혹 토혈을 하기도 하며, 가래가 끓어서 숨소리가 씩씩거린다.

배 속도 우르륵거리며 요동을 친다. 가만히 내버려 두면 혈뇨를 지리고 혈변을 쌀 것이다.

언뜻 평범한 증상처럼 보이나 이렇게 복합적인 증상을 동시에 일으키는 병은 흔치 않다.

다행히, 진자강은 이와 유사한 증상을 일으키는 병을 최근에 여러 번 접한 바 있었다.

'온역!'

진자강은 점점 더 확신할 수 있었다.

이것은 온역, 즉 역병에 걸렸을 때의 증상과 매우 유사했다. 만일 주변에 역병에 걸린 자가 있다면 십중팔구는 똑같이 역병에 전염된 것으로 생각하게 될 터였다.

심지어 무각의 중독이 양양보다 먼저 발발한 걸 보면 이독은 내공이 높을수록 더 크게 작용하는 듯싶었다. 즉, 무림인에게 더 치명적으로 작용하는 독이란 뜻이다.

'이것이었구나!'

여름, 물.

장마와 홍수.

온역, 그리고 온역과 유사한 증상을 일으키는 독.

갑작스레 단서들이 하나로 맞춰지고 있었다.

第六章

위협

아비앵화단은 망료가 보낸 서신이나 마찬가지였다.

물론 평범한 서신은 아니다.

비틀린 증오로 가득 싸여 있어서 몇 겹이나 되는 오물의 껍질을 열지 않으면 알 수 없는 서신이었다.

오로지 진자강에게 도달했을 때를 위해서만 설계된 서신…….

그 한 가지를 위해 수백 명을 동원한 것도 역시 망료의 방식이었다.

그러니까 이렇게 친절하게 더러운 선물을 보냈을 때에는 이유가 있는 것이다.

망료가 진자강의 귓가에 대고 속삭이는 듯했다.

막아 보지 않으련?

진자강은 망료를 만났을 때의 기분 나쁜 감정이 떠올라 이를 드러냈다.

슬슬 속을 긁으면서 꼬드긴다.

내가 이러이러한 일을 할 건데…… 어때, 네가 막아 볼 테냐? 하고.

소림사는 모든 걸 파괴하려 하고, 망료는 진자강에게 자신을 막아 보라고 부추긴다.

지독하게 엉킨 갈등과 무력 속에서 한 발만 잘못 디뎌도 천 길 낭떠러지로 떨어지고 만다.

그러나.

진자강은 이미 결정했다.

진자강이 무각에게로 갔다.

그러곤 염왕 당청의 친서를 꺼내어 무각의 가슴에 넣고 다독이듯 툭툭 쳤다.

무각이 입에서 피를 흘리며 물었다.

"이것이…… 너의 선택이냐?"

"그렇습니다. 아직도 증명이 필요합니까?"

"내가 염왕의 친서를 가지고 돌아가면 무슨 일이 벌어질지는 알고 있겠지?"

"알고 있습니다."

"소림의 칼이 늦으면 늦을수록 세상은 지옥이 되어 갈 것이다. 아귀, 네가 말하는 그 아귀들이 날뛰기 시작하고 돌이킬 수 없는 지경에 이를지도 모른다."

진자강은 잠시 생각하다가 답했다.

"그렇다고 세상을 모조리 불태워 버릴 순 없습니다."

"어째서지? 너도 해월도 참으로 허술하기 짝이 없구나! 그런 마음으로 수천, 수만의 아귀를 죽이고 아귀왕을 솎아 낼 수 있을 것 같으냐?"

아귀왕.

참으로 어울리는 단어였다. 어쩌면 진자강이 궁극적으로 찾아야 할 대상이 바로 아귀왕인지도 몰랐다.

진자강은 무각의 말을 곱씹다가 대답했다.

"나는, 이번 일이 끝난 후에도 이 세상에서 계속해서 살아가야 합니다. 그래서 소림사가 모든 걸 파괴하게 둘 수 없습니다."

굳이 말로 내뱉지는 않았으나 거기엔 당하란과 진자강 본인의 아이가 포함되어 있었다. 처자식과 함께 미래를 살아가기 위해서라도 진자강이 해야만 하는 일이었다.

무각이 비틀린 목을 겨우겨우 들고 말했다.

"나는 수십 년간 단 한 번도 내 팔다리를 원망한 적이 없었으나, 오늘은 정말로 아쉽구나! 너를 얕보지 않았음에도 일을 망치고 말았다."

"후회하지 않을 겁니다."

아까 후회할 거라고 했던 것과는 상반된 말이다.

그러나 모순적이게도 결국은 같은 의미다.

진자강이 자신을 믿으라는 말이니까.

무각은 피를 뿜으면서 자기도 모르게 웃었다.

"미친놈."

하나 진자강은 늘 들었던 말이라 감흥이 없었다.

진자강은 고개를 돌렸다.

함근과 임이언은 아직도 싸우고 있는 중이다.

쨍!

함근의 검이 반으로 잘려 나갔다.

내공을 모두 소진해 검강이 사라졌다. 함근이 코피를 왕창 쏟으며 물러섰다.

임이언은 여전히 검강을 유지하고 있다. 아직 연기도 피어오르지 않았다.

그러나 임이언은 함근을 쫓지 않았다.

함근은 더 싸울 의지가 없는지 검을 내렸다.

임이언도 검을 거두었다. 그러더니 함근을 향해 손짓했다.

"가시게!"

함근이 의외라는 표정으로 임이언을 쳐다보았다.

임이언이 호통쳤다.

"본인이 부끄러운 줄은 알고 있겠지! 가시게. 가서 남은 생을 남들의 조롱과 치욕 속에서 살아가시게!"

함근의 표정이 어두워졌다. 함근은 무의식적으로 포검하려 하였으나 한쪽 손목이 날아가 불가능했다.

함근은 허탈한 표정으로 검을 내버리고 죽은 소민의 시신을 한 손으로 걸쳐 들었다.

내공을 소진했기 때문에 신법도 쓰지 못했다. 잘린 손목에서 피를 뚝 뚝 흘리며 소민을 들고 객잔을 나갔다.

진자강은 임이언에게 왜 함근을 놓아주느냐고 따지지 않았다.

그것은 임이언의 싸움이었고 임이언이 선택할 일이다.

임이언이 안령을 돌아보았다.

"괜찮으냐?"

"아뇨."

안령은 고개를 저었다. 의가 출신답게 이미 스스로 자가 조치를 취했다. 그러나 계속해서 피가 흘러나왔다. 제대로 된 처치가 필요하다.

임이언은 내공을 완전히 쏟아서 검강을 확 태워 버리고 선 채로 빠르게 운기조식을 했다. 약간의 내공을 회복하자 곧바로 안령을 안고 일어섰다.

"무각 선승. 소림사는 오늘의 빚에 대해 책임을 져야 할 거외다."

무각은 끌끌 웃을 따름이었다.

임이언이 육하선을 힐끗 보았다가 진자강에게 한마디를 던졌다.

"저치의 목숨은 자네에게 달렸군."

그러더니 잠시 진자강을 빤히 쳐다보았다.

"나는 이대로 안씨 의가로 가야겠네. 혹시나 내 제자를 만난다면…… 아니, 됐네. 못 들은 걸로 하게."

무각이 안씨 의가 사람들을 하남에서 쫓아내라 명했기 때문에 임이언은 소림승들과 부딪칠지도 모르는 다소 위험한 길을 가야 한다. 내공을 회복하지 못한 상태로.

그래서 진자강에게 뒤를 부탁하려 했던 모양이었으나, 임이언은 결국 부탁을 포기하고 객잔을 나갔다.

중간에 안령이 진자강과 잠깐 눈을 마주쳤으나 그것이 다였다.

진자강은 혼절한 육하선에게로 갔다. 갖고 있던 약초 약간을 으깨진 다리의 상처에 바르고 허벅지를 단단히 묶어서 지혈했다.

다행히 더 나올 피가 없는 것인지 어느 정도 피가 멈췄다.

"독…… 룡……."

육하선이 어느새 정신을 차리고 거의 죽어 가는 목소리로 진자강을 불렀다.

"내 제안에 대해선…… 결정했나?"

환락천과 손을 잡자는 제안.

진자강은 대답하지 않았다.

"말을 길게 하지 않는 게 좋겠습니다."

"나를…… 살려 주려고?"

"적당한 곳에 두고 가겠습니다."

"의외로 다정하군……."

진자강은 대답 없이 적당한 길이의 봉을 구해서 육하선에게 지팡이로 들려 주었다.

"스스로 일어나셔야 할 겁니다."

육하선이 끙끙대며 몸을 일으켰다.

진자강도 왼쪽 허벅지 근육이 파열되어 육하선을 안거나 업을 수 없는 입장이었다. 쓰러지지 않도록 부축하는 것이 다였다.

육하선은 지팡이로 바닥을 짚으며 객잔을 나가다가 잠시
멈췄다.

공혼은 아직도 바닥에 누워 있는 채다. 그리고 무각도.

육하선이 임이언처럼 무각에게 한마디 했다.

"선승께서 보여 준 매운맛, 잘 받았습니다. 보답으
로…… 조만간 스님들께 단맛을 보여 드릴까…… 합니다."

무각이 코웃음을 쳤다.

"살려 보내는 것만도…… 고마운 줄 알거라."

진자강이 육하선을 부축하여 절룩거리며 객잔을 나갔
다.

"……."

"……."

객잔 안은 쥐 죽은 듯 조용했다.

바닥은 죄다 깨지고 구멍이 났으며 천장과 이 층 난간도
무너질 듯 기우뚱거리고 있었다. 그야말로 엉망진창이었
다.

시체에서 흘러나온 피로 피비린내도 가득하여, 끔찍하기
이를 데 없었다.

아비앵화단의 살아남은 청년들은 한참 후까지도 눈치를
보고 있었다.

무서워서 함부로 움직일 수가 없었다. 함근이나 임이언, 독룡 등 나갈 만한 사람들은 모두 나갔다.

하지만 아직 무각이 남아 있었다. 중독이 되었고 팔다리를 움직이지 못한다고는 하나 정신이 멀쩡한 게 걸렸다.

몇 명이 용기를 내어 슬금슬금 객잔의 벽에 바싹 붙어 입구로 나가려 했다. 나머지도 눈치를 보며 움직일 준비를 했다.

그때 갑자기 무각의 목소리가 울렸다.

"어딜 가느냐?"

힘없는 목소리였지만 청년들에게는 청천벽력과도 같이 들렸다. 하나 무각이 움직이지 못한다는 사실에 겨우 용기를 얻어 말했다.

"우, 우리도 가, 가려 합니다."

"여, 여기에 있고 싶지 않습니다."

무각이 혀를 찼다.

"누가 마음대로 오가라 하였지? 너희들은 가지 못한다."

"그, 그럼 우릴 전부 죽일 겁니까?"

"그럼…… 살아 나가려고? 감히 소림의 행사를 방해하고서 말이냐."

무각의 말에 아비앵화단 청년들은 이를 악물었다.

"에이 쌍!"

누군가 욕지거리를 내뱉었다.

어차피 이판사판이다.

무각은 말뿐이다. 움직이지도 못하는 주제가 아닌가!

청년들이 서로 눈짓을 주고받았다. 입구 말고 부서진 창문이나 틈으로도 달아날 수 있다. 한꺼번에 흩어져 달아난다면 자신들을 잡지 못할 것이다.

"뛰어!"

그 순간.

와직! 천장을 부수고 덩어리 하나가 떨어졌다.

어마어마하게 큰 덩어리였다. 약간의 거짓말도 보태지 않고 황소만 한 크기였다.

쿠웅!

달아나고 있는 한 명의 청년 앞에 덩어리가 착지했다. 뿌연 먼지가 구름처럼 생겨 밀려 나갔다.

그 덩어리 하나로 입구가 통째로 가려졌다.

입구로 달려가던 청년은 덩어리에 부딪혔다가 비틀거리며 튕겨 나갔다. 덩어리가 손을 뻗어서 튕기는 청년의 머리를 잡아 주었다.

청년은 정체를 확인하고 깜짝 놀라 멈췄다.

사람이었다.

그것도 소림사의 스님이었다.

"으아앗……!"

금강승들도 일반인보다 머리통 두 개는 더 큰데 앞의 소림승은 그보다도 더 컸다. 심지어 청년의 머리가 손바닥에 전부 들어갈 정도로 크고 두툼한 손을 가지고 있었다. 그의 몸집에 비하면 청년은 어린아이에 불과해 보일 지경이었다.

다행히도 거대한 몸집의 소림승은 매우 인자한 얼굴을 하고 있었다. 수박 두 개를 위아래로 합친 듯한 큰 얼굴에 단단하고 네모진 코가 강인하게 붙어 있는데, 의외로 눈이 보이지 않을 만큼 부드러운 미소를 짓고 있었다.

"괜찮다. 이젠 괜찮으니 안심하여도 된다."

툭툭.

거대한 몸집의 소림승이 청년의 어깨를 다독였다. 아이 달래듯 섬세하게 톡톡 두드리며 안심을 시켜 주는 것이었다.

청년은 온몸에서 땀을 삘삘 흘리면서 완전히 굳었다.

인자한 표정의 거대한 소림승이 무각을 향해 말했다.

"늦으시기에 마중 나왔습니다, 사조."

울림통이 커서인지 목소리가 사람의 것 같지 않고 웅웅거리며 울렸다.

무각이 마음에 들지 않는다는 투로 답했다.

"대불(大佛). 염왕의 친서를 받고 말았다."

대불 범본!

강호 최고의 무력을 가진 소림사.

그 소림사의 방장이며, 동시에 일사이불삼도이왕(一師二佛三道二王) 중 일불로 꼽히는 절대고수다.

그가 본산을 나와 이곳까지 온 것이다.

무각의 말에 대불 범본이 다소 의외라는 투로 물었다.

"저런……. 독룡이 그 정도였습니까?"

"날파리들이 꼬였어."

날파리란 말에 살기가 섞였다. 아비앵화단의 청년들이 몸을 떨어 댔다.

범본이 고개를 끄덕였다.

"그렇군요. 날파리로군요. 날파리는 매우 귀찮지요."

"그래. 귀찮게 되었다."

"정법행이 방해를 받다니. 부처께서 고난의 행군을 원하시는 모양입니다."

"그냥 내가 나서기엔 너무 늙은 거겠지."

"나무아미타불. 상태가 좋지 않아 보이십니다. 이후의 말씀은 돌아가 듣기로 하고……."

범본이 고개를 들어 아비앵화단의 청년들을 훑어보았다.

청년들은 그래도 무각보다는 범본이 낫다 싶어서 일말의 기대를 가지고 범본을 주목했다.

범본이 인자한 표정으로 말했다.

"너희들은 나를 따라가자꾸나."

"……?"

갑작스러운 범본의 말에 아비앵화단의 청년들이 당황했다.

"그, 그게 무슨……."

범본이 대답했다.

"말 그대로, 나를 따라 소림으로 가자는 뜻이니라."

"아니, 저희가 소림사로 왜……."

무각이 범본에게 핀잔을 주었다.

"대불. 그것은 절복종의 방식이 아니다. 나서지 않기로 한 약조를 잊었느냐?"

범본은 사람 좋게 웃었다.

"미안합니다, 사조. 하지만 이미 너무 많은 사람이 죽었습니다. 제 눈으로 보지 못하였으면 모르되, 제가 보았으니 어쩌겠습니까. 저들을 죽일 수는 없습니다."

죽이지는 않는다는 말에 청년들은 조금 기운이 났다.

"소, 소림사로 가면 어떻게 되죠?"

범본이 답했다.

"중을 따라가면 머리 깎고 중이 되는 것이지. 그 외에 뭐가 더 있을까."

어느 날 갑자기 속세와 결별하여 중이 된다는 것은 쉬운 일이 아니다. 부모 형제의 연을 모두 끊어야 한다. 더욱이 아비앵화단의 청년들 중에는 여자도 몇몇 섞여 있다.

하나 소림사의 제자가 된다면 그것은 얘기가 좀 다를 수도 있었다. 여기서 개죽음당하는 것보다는 훨씬 낫다.

한 명이 마른침을 꿀꺽 삼키며 물었다.

"소, 소림사의 제자가 되어 무공을 배우게 됩니까?"

"저, 저는 여자인데요? 소림사에는 비구니가 없지 않나요?"

범본이 답을 하기도 전에 무각이 쉰 목소리로 소리쳤다.

"감히 너희 같은 놈들이 소림의 제자가 되기를 꿈꾸느냐! 네놈들은 평생을 참회동에서 면벽하다가 운이 좋은 놈들만 바깥 구경을 하게 될 것이니라!"

무각이 껄껄 웃었다.

아비앵화단의 청년들은 경악했다.

"그게 무슨……!"

소름이 끼쳤다.

그건 죽는 것보다도 더욱 끔찍한 일이었다. 말이 중이 되는 것이지, 평생 감옥에서 썩는 것과 무엇이 다르단 말인가!

눈치를 보던 몇몇이 결국 참지 못하고 사방으로 뛰었다. 죽음을 재촉하는 것과 다를 바 없었으나, 왠지 대불에게 잡히면 그래도 죽이지 않고 용서해 줄 듯싶었다. 밑져야 본전 아닌가.

"저런."

범본이 솥뚜껑 같은 손을 날파리 쫓듯 휘저었다.

훅!

그 순간 달아나던 청년 한 명이 엄청난 바람에 밀려 객잔의 벽에 부딪혔다.

우직! 청년의 몸이 벽을 부수고 파고들었다. 동시에 뼈가 부러지고 탈골되는 소리가 났다.

우두둑, 우두두둑!

"으아아악!"

범본이 쉬지 않고 반대로 다시 손을 저었다. 달아나던 청년들이 강풍에 휘말린 것처럼 사방으로 날려졌다.

"어어어!"

쿵! 와직!

팔다리가 어긋나고 뼈가 부러졌다.

"크악!"

"끄으윽!"

달아나던 청년들은 한 명도 남김없이 처박혀서 어딘가 부러졌다.

이어 구멍이 뚫린 천장으로 이상한 그림자가 하나둘씩 늘어났다.

청년들이 위를 올려다보니 소림승들이 지붕에 수없이 서서 싸늘한 눈길로 아래를 내려다보고 있었다.

모두가 얼어붙었다. 더 이상 달아날 생각을 할 수가 없었다.

무각이 혀를 찼다.

"왜들 오해를 할까. 섭수가 절복보다 나은 것이라고는 말주변밖에 없거늘."

범본이 무각에게 가 무릎을 꿇었다. 무각의 맥을 잡아 확인하더니 연이어 공혼의 상태를 확인했다. 공혼의 상태가 겉으로 보기엔 더욱 심각했다.

범본은 공혼의 머리를 어루만지더니, 품에서 작은 환단을 꺼내 공혼의 입에 밀어 넣었다.

환단이 너무 작아서 범본의 손가락이 어떻게 그것을 집고 있는지 희한할 정도였다.

잠시 후 범본이 말했다.

"공혼. 일어나거라."

공혼이 눈을 뜨더니 상체를 서서히 들어 일으켰다. 얼굴이 온통 베이고 코가 뭉개졌으며 이빨도 엉망으로 드러나 있는 채였으나, 눈빛이 어느 정도 돌아와 있었다.

그러나 독을 제대로 해소하지 못하였는지 기침을 하며 시커먼 피를 흘렸다.

쿨럭.

"흐음."

범본이 침음성을 냈다.

죽은 사람도 살린다는 소림사의 영단인 소환단도 몰아내지 못하는 독이다.

범본은 공혼의 다리를 만져 발목을 맞춰 주더니 고개를 끄덕이면서 일어섰다.

"가시지요."

공혼이 겨우겨우 일어났다.

범본은 겁에 질린 아비앵화단의 청년들을 위로했다.

"너희들도 가자. 너무 염려하지 말거라. 소림도 다 사람 사는 곳이란다. 마음을 다잡으면 그곳이 어디든 부처가 계신 극락일지어니."

무각이 공혼에게 안긴 채 청년들을 보고 살벌하게 웃었다.

"너희들은 운이 좋구나. 살아서 부처님을 영접하게 될 테니까."

그 말이 더 공포스러웠다. 평생 소림사의 참회동을 벗어나지 못할 것만 같았다. 그러나 반항할 수가 없었다. 차라리 죽이면 좋겠는데 그것도 아니다. 죽이지도 않고 팔다리를 꺾어 버린다.

덜덜덜.

청년들은 범본의 뒤를 따라 객잔을 나갔다. 얼굴에는 절망감만이 가득했다.

곧 천장에 있던 나한승들이 뛰어내려 시신을 정리하고 부상자들을 둘러업었다.

*　　　*　　　*

진자강과 육하선은 생각보다 빨리 여남을 벗어나지 못했다.

둘 다 오래 걸을 수 없는 상태였다.

할 수 없이 적당한 산중 동굴에 자리 잡고 민가에서 옷을 구해 왔다. 거의 벌거벗은 거나 다름없는 육하선에게 옷을 주고 약초를 찾아 상처에 붙였다.

육하선은 그제야 겨우 한숨을 돌렸다.

"소림사에서 정말로 우릴 살려 보내기로 한 모양이군."

"그렇습니까?"

"지금쯤 멸마승이 소림사의 눈에 발견되었을 텐데도 우리를 쫓지 않고 가만히 있는 걸 보면 말일세."

남장을 하고 옷을 제대로 갖춘 육하선의 말투는 다시 원래대로 되돌아와 있었다.

진자강이 대답했다.

"염왕의 친서 때문일 겁니다."

"친서 한 장으로 벌 수 있는 시간은 그리 많지 않아."

진자강은 약초와 먹을 것 약간을 동굴에 두고 자리에서 일어섰다.

"가려고?"

"제 역할은 다 했습니다."

진자강이 막 동굴을 나가려는데 육하선이 말을 던졌다.

"장담하지. 그 꼴로 나다니지 않는 게 좋을걸."

말투가 심상치 않았다. 진자강이 걸음을 멈추었다.

"무슨 의미입니까?"

"내가 왜 그대에게 손을 잡자 제의하였는지 생각해 보게. 염왕이 그대를 후계자로 생각하고 있다 하였지? 그리고 나는 원한다면 그대의 편에 서겠다 하였네. 그럼……."

육하선이 말을 이었다.

"염왕의 자리를 노리는 다른 자도 있지 않겠는가. 그대가 후계자의 자리에 오르지 않기를 바라는 자들 말일세."

진자강은 육하선을 빤히 보았다.

"당가대원 내에 다른 후계자들을 말씀하시는 겁니까?"

"당가에는 쓸 만한 후계자가 없네. 그러니 염왕이 자네에게 욕심을 부리는 것이야."

"그렇다면 누가 나를 노린다는 말입니까?"

"자네 때문에 죽어야 하는 자들. 독문의 대소사를 결정하는 수뇌들."

진자강은 그제야 육하선의 말을 이해했다.

염왕은 독문 육벌의 수장들을 제거하여 자신에게로 권력을 모으고 있었다. 진자강 때문에 갑자기 죽어야 하는 독문 육벌의 입장에서는 진자강이 달가울 리 없는 것이다.

"빈의관과 낭중령의는 제거되었지만, 아직 나살돈과 매광공부가 남았다네. 그리고…… 아직 환락천에는 내가 남아 있지."

진자강은 다시금 고민에 빠졌다. 나살돈은 건드리지 않겠다 천귀에게 약속하였으나, 나살돈이 먼저 진자강을 노렸을 때에도 가만히 둘 수는 없는 일이다.

육하선이 말을 이었다.

"자네가 관심이 없다고 해도 염왕이 후계자로 점찍은 이상, 자네는 억지로라도 휘말릴 수밖에 없게 된 걸세. 그리고, 지금 같은 상황에서는 아주 목숨이 위태롭지."

육하선의 말은 틀리지 않았다. 멸마승을 물리친 진자강이라 해도, 아니 멸마승까지 물리쳤기 때문에 부상을 당한 지금이 가장 위험했다.

진자강을 노리는 적들이 이 기회를 놓치지 않으려 할 것이기 때문이었다.

진자강이 잠시 생각하다가 물었다.

"매광공부는 어떻습니까."

"광부들이지. 광물독을 다루며 거칠고, 강해. 나살돈과 빈의관이 은밀하게 움직이는 데 비해 매광공부는 겉으로 드러나는 걸 두려워하지 않지."

광물독에 대해서는 진자강도 잘 안다. 지독문에서도, 갱도에서도 오랫동안 광물독을 접했다. 그만큼 광물독의 극악한 위력에 대해서도 알고 있다.

광물독에는 어지간한 저항력이 있으므로 쉽게 당하지는 않을 것이다.

그러나 어쨌거나 힘을 제대로 쓸 수 없는 지금은 아니다.

게다가 독문 육벌뿐 아니라 진자강에게는 또 다른 적이 많지 않은가.

진자강은 더 이상 고민하지 않고 짐을 풀었다. 다리가 나을 때까지는 동굴을 벗어날 수 없었다.

"잘 생각했네."

진자강이 더 이상 말을 하지 않고 묵묵하게 약초를 꺼내어 다듬고 있자, 심심해진 육하선이 물었다.

"궁금한 게 있는데 물어보아도 되나?"

"물어는 보십시오."

진자강은 육하선이 무각과 양양 등이 먹은 독약에 대해 물어볼 줄 알았다. 그러나 육하선이 물어본 건 전혀 의외의 질문이었다.

"송종객잔. 그 임대 계약한 객잔을 몽땅 날리게 되어 어쩌지? 나중에 손해를 배상해야 하나?"

뜬금없는 질문이었지만, 진자강은 바로 대답했다.

"이미 지불했습니다."

엉망이 될 줄 알고 미리 객잔의 값을 지불했다는 뜻이다.

육하선은 피식하고 실소를 터뜨렸다.

"꼼꼼하군. 다정하고."

또다시 다정하단 말에 진자강이 잠깐 멈칫했다.

당하란이 떠올랐다.

처음으로 마음을 준 여인이라 그런지 당하란은 진자강의 가슴에 계속해서 깊이 남아 있었다.

진자강은 더 이상의 질문을 받지 않겠다는 뜻으로 조용히 돌멩이를 들어 약초를 짓찧었다.

타악, 타악.

＊　　　＊　　　＊

함근은 소민의 시신을 업고 걷는 중이었다.

내공은 고갈되었고 내상도 적지 않다. 지쳤다. 현기증이나 머리가 몽롱하고 입이 바싹 말랐다. 다리에는 힘이 빠졌다.

그러나 사방이 적인 곳에서 태연하게 운기조식을 할 여유가 없었다.

한시라도 바삐 이곳을 벗어나야 했다.

다행히 걸음을 재촉한 결과, 여남에서 가까운 마을이 보였다. 마차를 구하면 빠르게 화산으로 돌아갈 수 있다.

함근은 걸음을 빨리했다.

반대편에서 촌부로 보이는 노인과 중년인, 둘이 걸어오고 있었다.

함근은 긴장하며 눈에 힘껏 힘을 주고 두 사람을 살폈다.

그러나 아무런 이상한 점도 발견할 수 없었다.

두 사람의 얼굴은 매우 평범했다. 아무런 특징도 없었다. 어디에서나 볼 수 있는 시골 촌부의 전형적인 모습이었다.

허리가 구부러진 노인은 뒷짐을 지고 걸어오고 있었으며, 얼굴이 꺼멓게 탄 중년인은 근처에 있는 밭이라도 가는 듯 괭이를 어깨에 지고 있을 뿐이었다.

두 사람이 가까워지고 있었다.

함근은 마지막까지 긴장을 늦추지 않고 둘을 주시했다.

멀리서 걸어오다가 함근과 눈이 마주친 두 사람은 자연스럽게 고개를 숙여 함근에게 인사했다. 인심 좋은 시골에서 볼 수 있는 푸근한 미소와 인사였다.

함근도 고개를 숙여 눈짓으로 인사를 맞받았다. 촌부 두 사람은 인사를 마치고 아무렇지 않은 듯 함근을 지나쳐 갔다.

함근은 나지막하게 한숨을 내쉬면서 다행이라고 생각했다.

그런데 왠지 등줄기가 오싹해져 왔다.

두 촌부의 모습이 너무 평범하다?

지나칠 정도로 평범해서 어색하게 생각되었다.

그러고 보니…….

지금 자신의 모습이 정상이었던가?

아니, 몸은 피투성이에 시신까지 안고 있다.

절대로 통상적인 모습이 아니었다. 제대로 된 촌부라면 놀라서 달아나거나 겁을 먹고 주저앉아야 정상인 것이다.

그런데도 아무렇지 않게 인사를 하였다는 것은!

함근은 재빨리 오른손을 들어 목을 막았다.

따끔.

목이 따끔했다.

오른손 손목이 날아갔음을 깜박 잊었다. 하지만 막을 손가락과 손바닥이 없어서 팔을 들었음에도 아무런 의미가 없었다. 없는 손으로는 목을 막지 못한다.

"후……."

함근은 잠깐 멈춰 서서 한숨을 내쉬었다가 앞으로 계속해서 걸었다. 함근의 목에는 가는 독침이 박혀 있었다.

걸음이 점점 느려지고 발이 비틀거리기 시작했다.

스무 걸음이나 걸었을까.

마침내 함근은 앞으로 엎어지고 말았다.

쿵.

소민의 시신이 뒹굴고 함근의 몸이 경련을 일으키며 들썩거렸다.

촌부 두 사람은 고개를 돌려 함근을 보고 있었다.

그러다가 함근의 경련이 잦아들고 완전히 죽은 것을 본후에야 걸음을 재촉해 본래의 길을 갔다.

그때에도 촌부 둘의 얼굴은 처음 함근이 만났을 때와 마찬가지로 표정 하나 변하지 않은 평온한 얼굴이었다.

〈다음 권에 계속〉

『제왕록』, 『무림에 가다』 시리즈의 작가 박정수
그가 거침없는 현대 판타지로 돌아왔다!

『신화의 전장』

주먹을 믿지 마라.
우리가 살아가는 이 땅에 인간을 벗어난 자들이 존재한다.

dream
books
드림북스

전생자

『죽지 않는 무림지존』『천지를 먹다』『마검왕』
베스트셀러 작가 나민채의 신작!

[시간 역행을 하시겠습니까?]
[모든 능력이 리셋 됩니다.]
[날짜를 선택 하여 주십시오.]

"1985년 2월 28일, 내가 태어났던 날로."

dream
books
드림북스

사도연 판타지 장편소설

ORIGINAL FANTASY STORY & ADVENTURE

『용을 삼킨 검』, 『신세기전』 사도연 작가의 신작!

『두 번 사는 랭커』

여러 차원과 우주가 교차하는 세계에 놓인 태양신의 탑, 오벨리스크.
그리고 그곳에 오르다 배신당해 눈을 감아야 했던 동생.
모든 걸 알게 된 연우는 동생이 남겨 둔 일기와 함께
탑을 오르기 시작한다.

dream
books
드림북스

정령왕

엘퀴네스

개정판

이환 판타지 장편소설

『숲의 종족 클로네』, 『은빛마계왕』의 작가,
이환 대표작 『정령왕 엘퀴네스』완전 개정판!

어설픈 정령왕의 좌충우돌 모험기를 다시 만난다!

컬러 일러스트 · 네 칸 만화 · 캐릭터 프로필 & QnA
매권 미공개 외전 수록!

dream
books
드림북스